山本五十六、最期の15日間

歴史に埋もれた「幻の3番機」

池田遼太

光文社新書

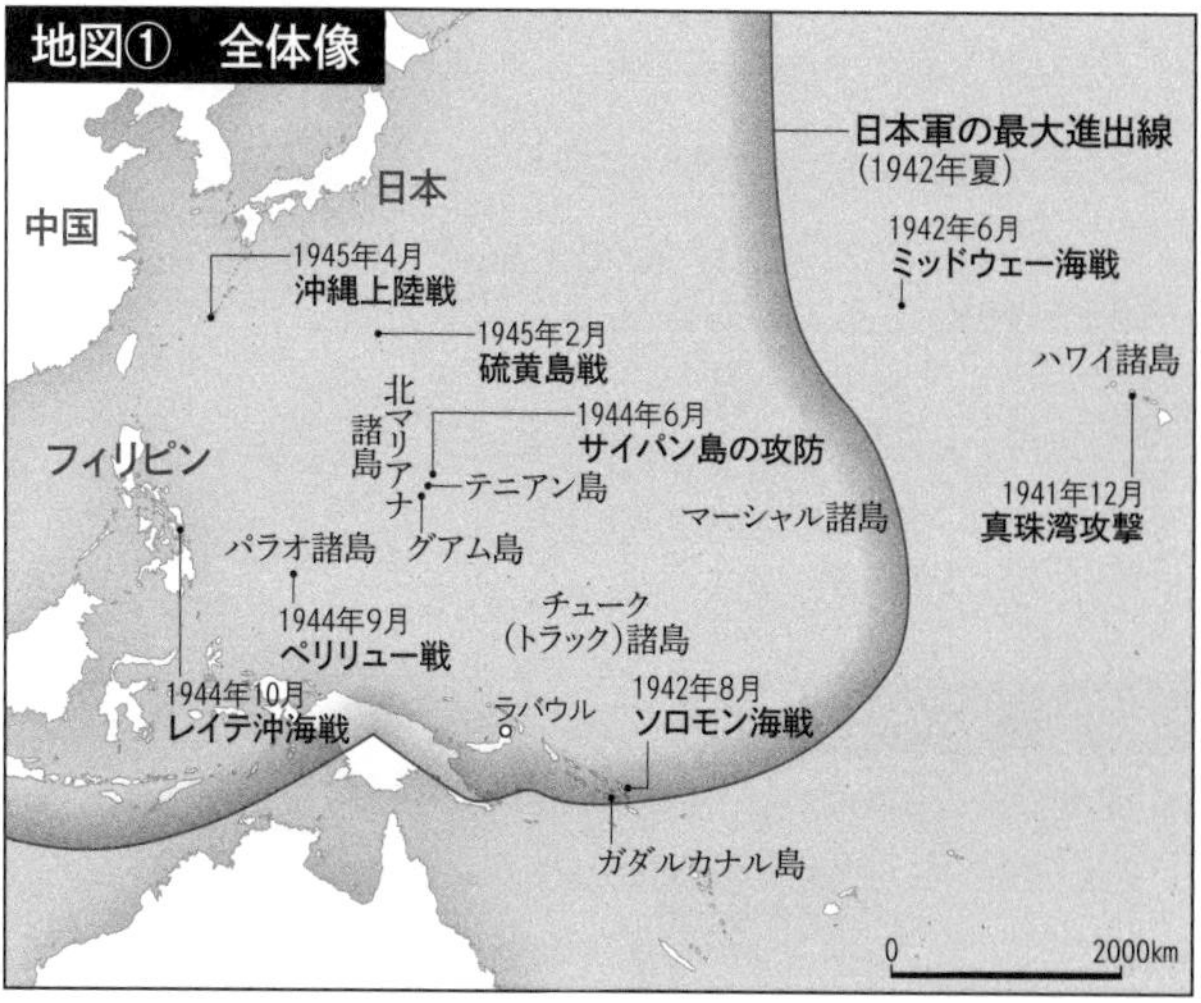
日本軍の最大進出線
(1942年夏)
日本
中国
1945年4月
沖縄上陸戦
1945年2月
硫黄島戦
1942年6月
ミッドウェー海戦
ハワイ諸島
北マリアナ諸島
1944年6月
サイパン島の攻防
フィリピン
テニアン島
マーシャル諸島
1941年12月
真珠湾攻撃
パラオ諸島
グアム島
チューク
(トラック)諸島
1944年9月
ペリリュー戦
1944年10月
レイテ沖海戦
ラバウル
1942年8月
ソロモン海戦
ガダルカナル島
0
2000km
地図① 全体像

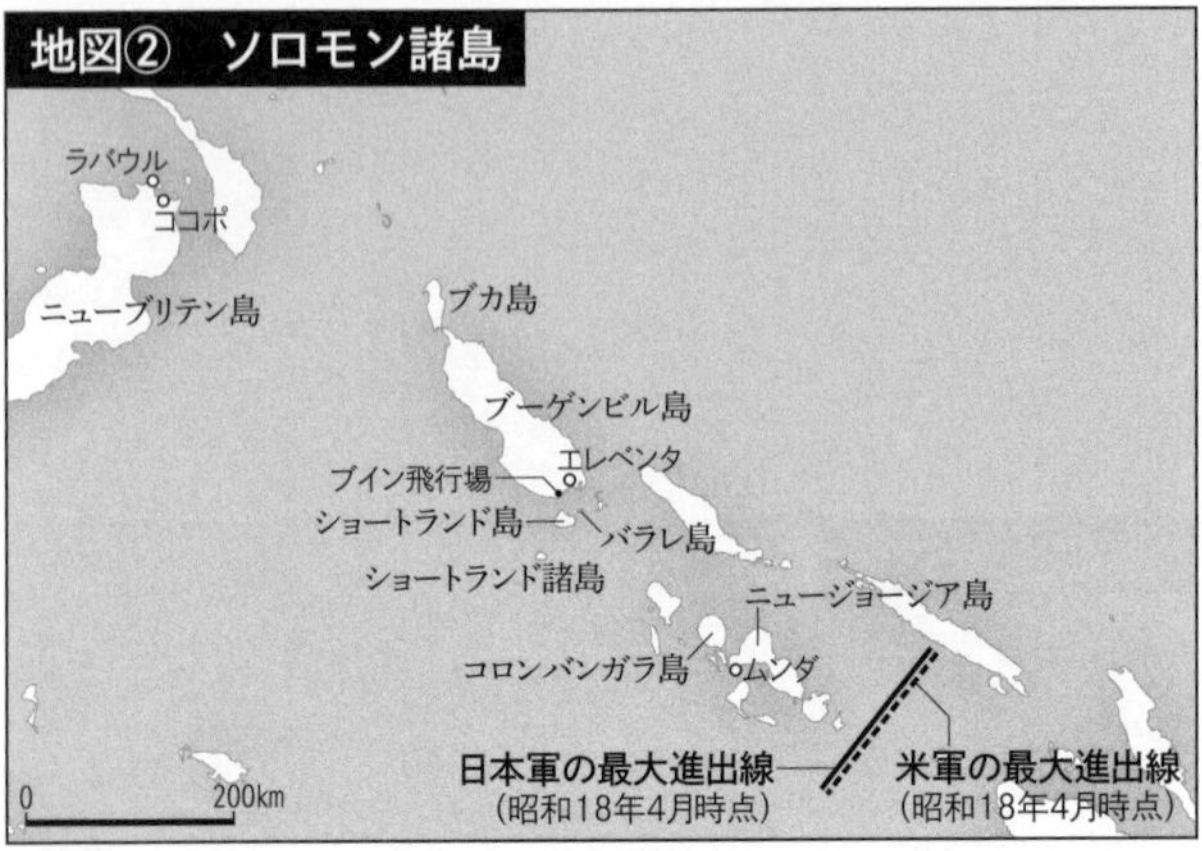

地図②　ソロモン諸島

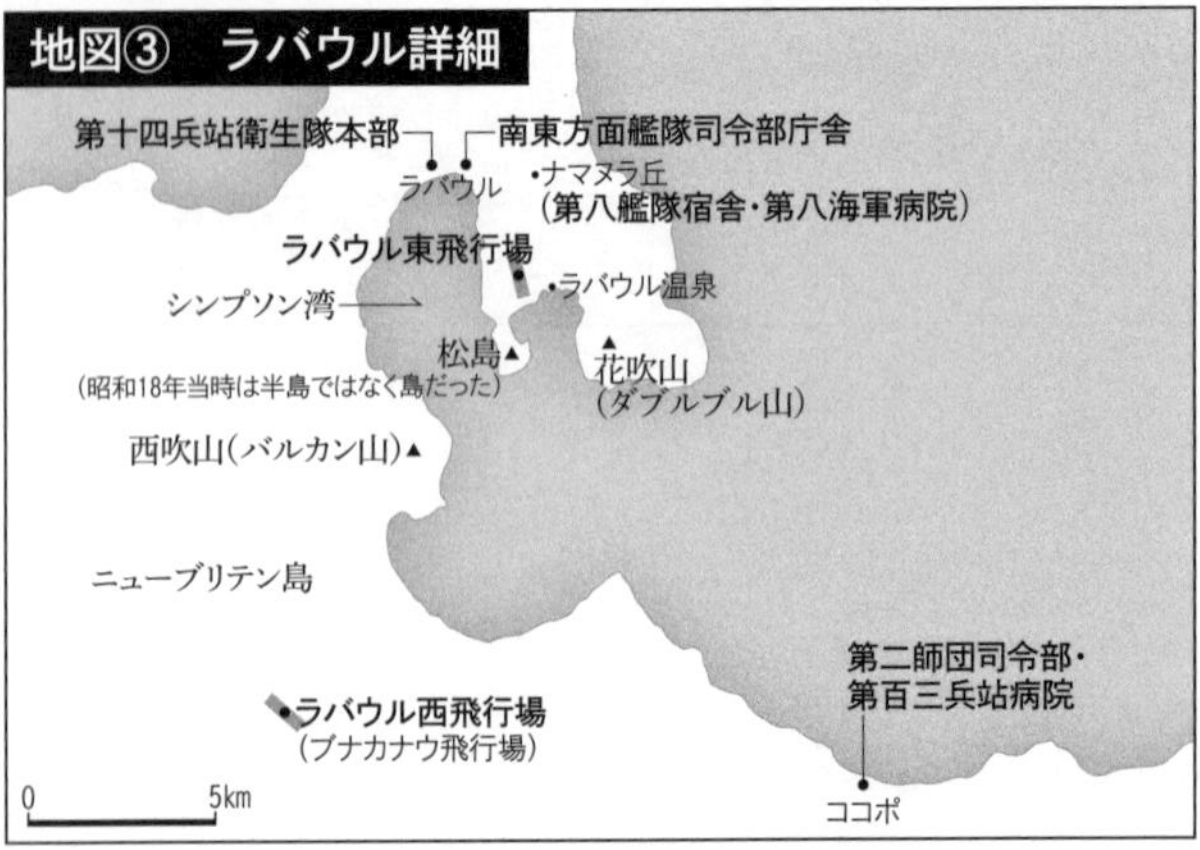

地図③　ラバウル詳細

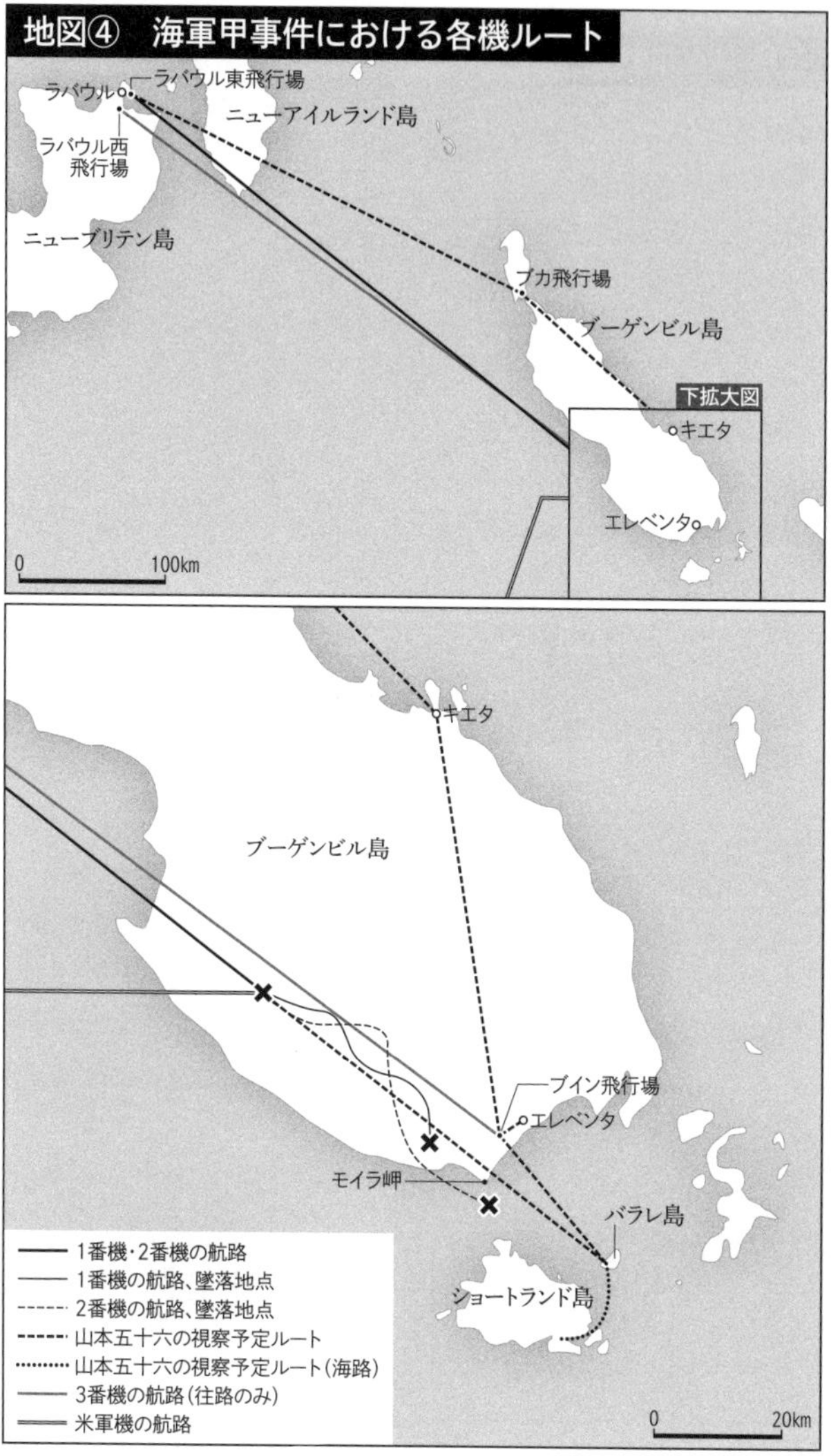

地図④　海軍甲事件における各機ルート

日本海軍組織図

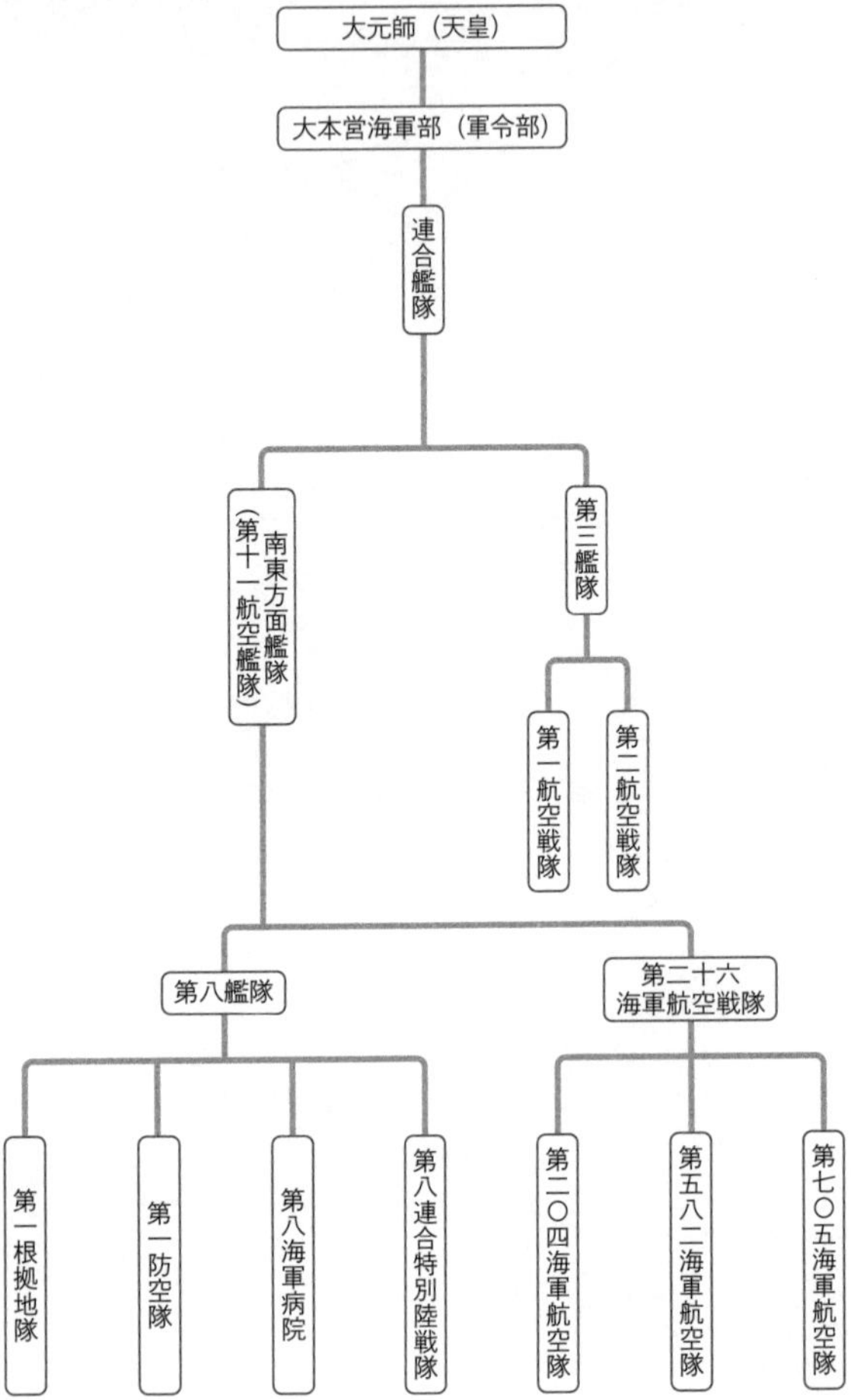
大元帥（天皇）
大本営海軍部（軍令部）
連合艦隊
南東方面艦隊（第十一航空艦隊）
第三艦隊
第一航空戦隊
第二航空戦隊
第八艦隊
第二十六海軍航空戦隊
第一根拠地隊
第一防空隊
第八海軍病院
第八連合特別陸戦隊
第二〇四海軍航空隊
第五八二海軍航空隊
第七〇五海軍航空隊

主要登場人物

海軍大将

山本《やまもと》五十六《いそろく》（1884-1943）

連合艦隊司令長官。い号作戦のため幕僚を伴いラバウルに着任、陣頭指揮を執る。作戦終了後の昭和18(1943)年4月18日、ソロモン最前線の視察に赴くもブーゲンビル島上空で米軍機の攻撃を受け戦死する。海兵32期。

海軍中将

宇垣《うがき》纏《まとめ》（1890-1945）

連合艦隊参謀長。い号作戦を計画し、司令部のラバウル滞在、五十六の最前線視察を提案した張本人。プライドが高く、近寄りがたい印象を周囲に与えるが、内心では義理と人情を重んじる真面目な性格。海兵40期。

海軍大佐

黒島《くろしま》亀人《かめと》（1893-1965）

連合艦隊先任参謀。真珠湾攻撃から作戦立案の中心を担ってきたが、ミッドウェー・ガ島戦の敗北により立場が弱まりつつある。周囲から「仙人」と呼ばれるほど奇矯な言動が多く、宇垣と反目しあっている。海兵44期。

海軍中佐

福崎《ふくざき》昇《のぼる》（生年不詳-1943）

連合艦隊副官。ラバウルにおける各司令部との連絡・調整役として奔走する。自分の職務に忠実で、どんな時でも弱音を吐かず我慢強い。海兵50期。

海軍少佐

室井《むろい》捨治《すてじ》（1906-1943）

連合艦隊航空乙参謀。宇垣より提案された五十六の最前線視察を取りまとめ、巡視計画のベースを作成した。海兵54期。

海軍中将

草鹿《くさか》任一《じんいち》（1888-1972）

南東方面艦隊（第十一航空艦隊）司令長官。ソロモン諸島の海軍兵力を統括し、基地航空部隊を指揮する。自他に厳しく一切の妥協を許さない性分だが、一方で部下思いの気さくな上官でもある。海兵37期。

海軍少佐

野村《のむら》了介《りょうすけ》（生没年不詳）

南東方面艦隊航空乙参謀。い号作戦に忙殺される連合艦隊司令部に代わり、五十六の巡視計画を策定した事実上の責任者。海兵56期。

海軍中将

小沢《おざわ》治三郎《じさぶろう》（1886-1966）

第三艦隊司令長官。自分の指揮下にある航空母艦の艦載機を作戦に使用するためラバウルに滞在、兵学校同期の草鹿と共に作戦に関わる。五十六の最前線視察に疑問を持ち、一貫して反対の立場を取り続ける。海兵37期。

陸軍大将

今村《いまむら》均《ひとし》（1886-1968）

第八方面軍司令官。ソロモン防衛の要として陸軍現地部隊の指揮を執る。温厚篤実な人柄として知られる。五十六とは佐官時代からの親友で、陸海軍のしがらみを超えて率直に意見を交わせるほどの仲。陸士19期。

陸軍中将

百武《ひゃくたけ》晴吉《はるよし》（1888-1947）

第十七軍司令官。ガダルカナルの戦いにおいて現地指揮官として戦ったが、撤退してブーゲンビル島に身を寄せている。敗戦の責任をとるべく自決を考えるが、今村の説得で思い直し、残存将兵をまとめて再起を誓う。陸士21期。

青木藏男さん。令和２年２月、２回目の証言聞き取りに訪れた際に

プロローグ

「あの海軍甲事件《かいぐんこうじけん》で山本五十六《やまもといそろく》長官が撃墜された時、私は1番機、2番機に続く『3番機』の搭乗員として、長官と同じ空を飛んでいたんです」

私がこの話を聞いたのは、令和元年9月のことだった。

当時の私は文学部歴史学科の大学3年生であった。子どもの頃から歴史が好きだった私は、大学でも日本近現代史を専攻し、卒業論文の題材として太平洋戦争を選んだ。そして自分の知見を深めるべく様々な戦争体験者の証言を聞いて回っており、そのフィールドワークの一環として、私は神奈川県に在住の青木藏男《あおきくらお》という人物の元を訪ねていた。

青木さんは大正12年5月4日、石川県で生まれた。幼少期より飛行機に強い憧れを持ち、昭和13年に海軍に入隊、駆逐艦「響《ひびき》」乗組員を経て、昭和15年9月に転科試験に合格、偵察練習生49期となった。太平洋戦争開戦時は第六航空隊（第二〇四《ふたまるよん》海軍航空隊）に所属し、輸送機の電信員としてラバウルに進出し、ソロモン諸島の激戦を経験した。部隊の解散後は横須賀に戻って海軍航空技術廠《しょう》飛行実験部のテストパイロットとなり、「彗星《すいせい》」「天山《てんざん》」「銀《ぎん》河《が》」「白菊《しらぎく》」「深山《しんざん》」「連山《れんざん》」など、数多くの機体に搭乗した経験を持っている。

96歳という高齢でありながら、足腰もしっかりしており、記憶も明白で言葉も淀《よど》みがない。戦後76年を経た青木さんはかくしゃくたる好々爺《こうこうや》になっていた。まだ20歳になりたての大学生に過ぎなかった私を、青木さんはひ孫を見るような目であたたかく歓迎してくれた。

「とにかくその4月18日の出来事は忘れられません。先行した長官の1番機・参謀長の2番機が米軍機に撃墜され、私たちは奇跡的に襲撃を受けずに済みました。3番機はそのまま何事もなくブインへと着陸しましたが、降りた先ではみんなに長官の1番機と間違われましてね。ハハハ……」

海軍甲事件とは、太平洋戦争中の昭和18年4月18日に発生した事件のことである。大日本帝国海軍連合艦隊司令長官の山本五十六大将が、日米の最前線となっていたソロモン諸島で、最前線を視察するためラバウルからブインへ移動中、搭乗していた機体をアメリカ軍の戦闘機に撃墜されて戦死した。これ以降の日本の戦争指導に重大な悪影響を与えた事件であり、ミッドウェー海戦やガダルカナル島（ガ島）の戦いなどを含め、太平洋戦争における一つの転換点といわれることも多い。

この事件では、五十六が搭乗した1番機、宇垣纏《うがきまとめ》参謀長が搭乗した2番機、合わせて2機の一式陸上攻撃機が襲撃され、1番機はブーゲンビル島南端のモイラ岬付近に、2番機は海上へと不時着した。その結果、1番機の搭乗員11名は全員戦死し、2番機は12名中9名が戦死、宇垣参謀長ら3名のみかろうじて生存するという惨事となった。

通説では、海軍甲事件において登場する陸攻は2機だけである。事件を取り扱った多々ある先行研究の中でも、「3番機」が存在したということを書いているものは何一つ存在しない。果たしてこの話は真実なのだろうか。証言の信憑性《しんぴょうせい》に疑問を感じていた私に、青木さんは一冊の資料を手渡してくれた。

「私の持っている航空記録です。今はもう、私の海軍時代の経歴を証明するただ一冊の手帳ですが、ここに私が『3番機』として空を飛んでいたことが書かれていますよ」

「航空記録」とは海軍の搭乗員が携行していた履歴書で、毎日の飛行時間や任務、搭乗した機体の番号、さらには累計飛行時間などを記録した個人資料である。

戦後の長い月日を経てボロボロに劣化し、持つだけで壊れてしまいそうな手帳であった。

青木さんがページをパラパラとめくり、昭和18年4月18日の項を指し示す。そこには、青木さんが搭乗した輸送機の詳細な飛行時間と機体番号、そして「山本長官死亡」の文字が、鉛筆でハッキリと書かれていた。

青木さんが言っていることは、どうも本当のことらしい。先の戦争からもう75年以上が経っているために、オーラルヒストリーで語られるエピソードは慎重に考証を重ねなければならない。しかし当時の資料が残っているなら、その信憑性はぐっと上がる。

そこで、アジア歴史資料センターから当時の史料を探してみると、二〇四空輸送機隊の飛行機隊戦闘行動調書が見つかった。その昭和18年4月18日の項には、他の搭乗員の名前に混じって青木さんの名前が記されており、書かれている内容も青木さんの航空記録と完全に一致していた。

もはや一連の証言は事実として認めざるを得なくなった。長官を乗せた1番機、参謀長を乗せた2番機の他に、そのすぐ後ろを飛んでいた幻の3番機が存在していたのである。機体番号は「Ｔ２―９０２」、機種は旧式の九六式陸上攻撃機を輸送機型に改造した「九六式陸上輸送機」だと分かった。

青木さんとはその後も交流を持ち、事あるごとに家にお邪魔して話を聞きに行った。ラバウルの話題や青木さんとペアを組んでいた搭乗員の名前を挙げると、青木さんの目はみるみると輝きを取り戻し、生き生きと当時のことを語ってくれた。

繰り返し証言を聞いていく内に、私はこの「3番機がいた」という事実を、もっと大きく取り上げるべきではないかと考えるようになった。しかし、ただ事実を明かすだけでは意味をなさない。「3番機」には一体誰が乗っていて、どういう経緯で事件に巻き込まれたのか、そして誰が3番機を加えることを命じたのか、ということを調べなければならない。この重大な謎を解くためのキーパーソンとして、私はある人物のことを自ずと思い浮かべていた。山本五十六である。


山本五十六を知る。

五十六といえば、歴史に明るい人なら誰もが名前を知っている有名人である。太平洋戦争開戦時の連合艦隊司令長官として、真珠湾攻撃を立案した名提督。アメリカ駐在期間の経験から、日米開戦に反対していた先見性のある軍人。寡黙でカリスマ性があり、部下の人心を掌握する術に長けていた統率者。彼に対するエピソードは膨大な量に上り、いちいち挙げればそれこそ紙面を埋め尽くすほどにもなるだろう。

知識も経験も浅い、若い世代の私にとって、「山本五十六を知る」ということは途方もない難事業のように思えた。彼はもう、研究され尽くした歴史上の偉人だった。
だが、それでも丹念に調査を続けていく内に、私はあることに気がついた。海軍甲事件と五十六の最期についても、色々と謎が多いのだ。

五十六の遺体発見や検死解剖の状況、暗号解読の話など、海軍甲事件で検証すべき事柄は多岐にわたるが、その中で私が最も注目したのは、なぜ五十六は危険を冒してまでソロモン最前線の視察を行ったのか、という根本的な問題だった。

通説では、五十六はソロモン諸島の最前線で寡兵《かへい》よく敢闘を続ける航空機の搭乗員に対し、督戦激励する意味を込めて視察を決定した、といわれている。しかし、連合艦隊司令長官が米軍の攻撃を受けるような最前線まで、わざわざ将兵の士気を高揚させるためだけに、リスクを承知で出かけていくことは非合理的である。必要以上の精神論をきらい、理屈と合理性を重んじる五十六の性格からして、彼がそんな無謀なことをするとは考えにくかった。

五十六はなぜ危険な最前線への視察を決断したのか。謎を解く手がかりは、昭和18年4月3日から五十六が作戦指揮のために滞在していたラバウルにあった。彼がラバウルに着任してから戦死するまではわずか2週間あまり。この非常に短い時間の中で、五十六は何を思い、何を決断したのだろうか。その答えこそ、青木さんが乗っていた「幻の3番機」の謎と密接に関わっていたのである。

私は、そんな山本五十六の知られざる最期の15日間に光を当てることにした。

青木さんが所持していた航空記録。搭乗員の個人記録であり、月1回ごとに上官への提出が義務づけられていた。主に自身の履歴証明や危険手当の支給といった各種手続きに使用された。

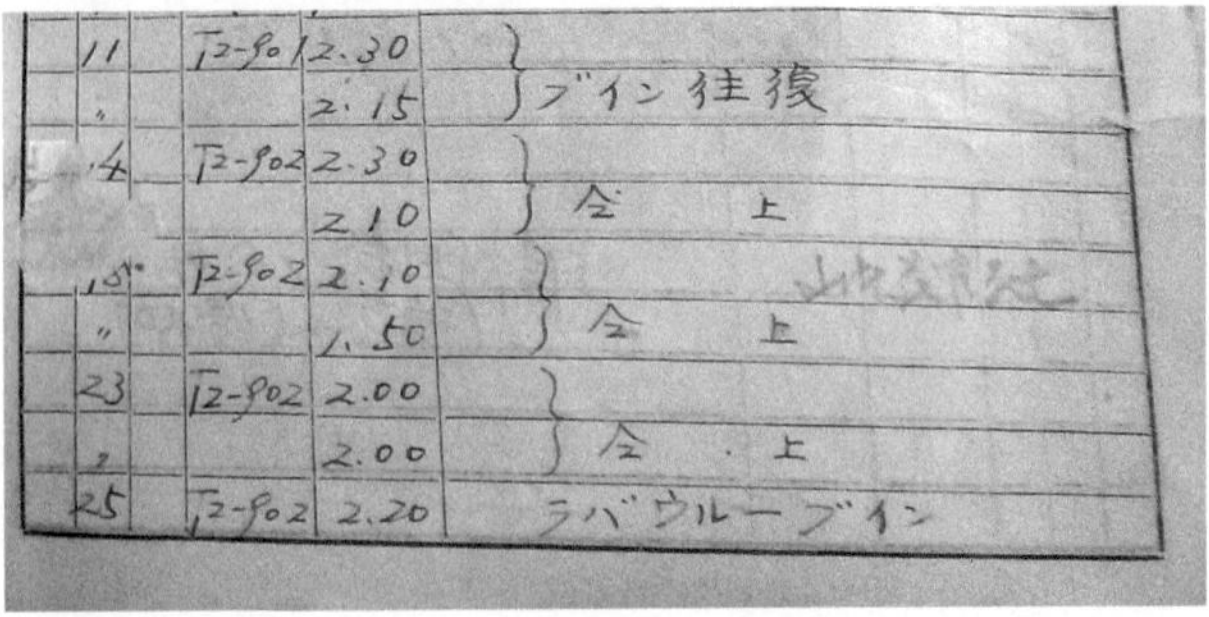

航空記録の、昭和18年4月18日の部分。手書きで「山本長官死亡」と書かれている。ラバウルーブイン間を往路2時間10分、復路1時間50分で飛行したことが分かる。他の日付を見ると、普段はラバウルーブイン間を約2時間20分で飛行しているため、事件当日はかなりのスピードを出してラバウルまで帰投したことが窺える。

山本五十六、最期の15日間　目次

＊文中の時刻表記は全て日本時間です

図版作成　アトリエ・プラン
編集協力　伊藤明弘

第1章　山本五十六、ラバウルへ

眼下に南洋の美しい島々が見える。トラック諸島の戦艦「武蔵《むさし》」を離れ、蒼々《そうそう》と輝く海の上を飛ぶだけの時間は、思わず眠ってしまいそうなほど心地良かった。目的地のラバウルまではあと30分ほどだろうか。宇垣纏《うがきまとめ》中将（連合艦隊参謀長）は持参した時計に目をやった。搭乗中の飛行艇がソロモン海域に入ると、基地から飛来してきた3機の零戦が護衛に就いた。尾翼には「Ｔ２」のマーク。第二〇四海軍航空隊の機体だ。

ラバウル。ニューブリテン島の東端に位置するこの町は、豊富な自然と天然の良港に恵まれ、19世紀のドイツ統治時代から保養地として栄えた。第一次世界大戦後にはイギリスが、太平洋戦争では日本が支配を受け継ぎ、ひなびた田舎町は南洋進出の一大拠点としてさらなる活気を呈するようになった。

ラバウルには小型機を中心とする東飛行場、大型機を中心とする西飛行場の2つがあり、両基地は車で1時間30分程度の距離がある。ラバウルに進出した部隊のほとんどは東飛行場付近に拠点を置き、市街は南東方面艦隊司令部庁舎、陸軍第八方面軍の司令部庁舎などが立ち並び、ソロモンを睨《にら》む陸海軍の頭脳、一種のオフィス街にもなっていた。

連合艦隊司令部の幕僚は2機の飛行艇に分乗していた。席順は決まって司令長官の五十六が1番機、参謀長の宇垣が2番機である。これは片方の機体がトラブルで失われても、司令長官と参謀長の両方が殉職するという重大事を避けるためだった。この他にも飛行艇には黒《くろ》島亀人《しまかめと》大佐（連合艦隊先任参謀）、渡辺安次《わたなべやすじ》中佐（連合艦隊戦務参謀）、室井捨治《むろいすてじ》少佐（連合艦隊航空乙参謀）、友野林治《とものりんじ》中佐（連合艦隊気象長）、古山勝也《ふるやまかつや》大尉（連合艦隊暗号長）など様々な要人が搭乗しており、まさに司令部が丸ごと空路で移動しているにも等しかった。とはいえトラック諸島からラバウルまでの内南洋は、まだ日本の制空権が確保されているから敵に遭遇する心配はない。のんびりとした空の旅との別れを感じつつ、飛行艇は着水のため高度を下げた。

昭和18年4月3日。この日は連合艦隊司令長官山本五十六大将が戦死する15日前の日付であり、彼が最後の日々を過ごしたラバウルに到着した日である。

この日の朝から、五十六の来訪を心待ちにしている人物がいた。草鹿《くさか》任一《じんいち》中将（南東方面艦隊司令長官兼第十一航空艦隊司令長官）である。草鹿が居住する南東方面艦隊司令部庁舎はイギリス統治時代に建てられた瀟洒《しょうしゃ》な洋館を接収したもので、熱帯の中の避暑地にも似た趣《おもむき》があった。前日には航空隊の指揮を執るべく小沢《おざわ》治三郎《じさぶろう》中将（第三艦隊司令長官）を始め第三艦隊司令部の面々も来訪しており、庁舎は急いで拡張工事を始めたばかりで部屋割りもいびつだった。

日本海軍に初めて連合艦隊が創設されたのは明治27年、日清戦争の時代にまで遡《さかのぼ》る。それから49年、連合艦隊司令長官は数えて27代にわたって任命されてきたが、陸上で陣頭指揮を執るのは今回が初めての試みであった。それまで旗艦の艦橋から指揮を下すことを伝統とし、太平洋戦争では戦場から遠く離れた泊地にずっしりと腰を下ろし、全く動くことなく大局的な戦争指導に終始していた連合艦隊司令長官が、わざわざ自分たちのいるラバウルまで出張してくる。海軍史に前例のない特別な要人の来訪に、草鹿はただ現地で気を揉むばかりだった。

13時40分、連合艦隊司令部を乗せた2機の二式飛行艇がシンプソン湾に到着した。桟橋《さんばし》から高官用の自動車に出迎えられた幕僚は、そのまま車で南東方面艦隊司令部庁舎に入った。連合艦隊司令長官の居場所を示す大将旗が、庁舎の旗竿《はたざお》に掲げられる。慣れ親しんだトラック諸島から南洋の戦地へ、五十六は初めてラバウルの土を踏み、その匂いを感じた。

「長官、ご苦労様です。狭い庁舎でご不便をおかけすると思いますが、ご理解ください」

「構わんさ。夜は八艦隊の宿舎に泊まっていく。用事も多いからここに居座っている時間もあまりないだろう。さっそくだが、ラバウルにいる航空隊の搭乗員を至急集めてくれ」

儀礼的な挨拶もそこそこに、五十六は草鹿にあれこれと指示を飛ばす。いついかなる時でも五十六のスケジュールは分秒刻みであり、初日から身体を休める暇などなかった。

「搭乗員整列！」

二〇四空飛行隊長、宮《みや》野《の》善《ぜん》治郎《じろう》大尉の号令が飛ぶ。兵舎で思い思いの時間を過ごしていた部隊の搭乗員は、何事かと指揮所前に集まってきた。程なくして、大将旗を掲げた自動車が指揮所に到着し、その場に居合わせた全員がはっと息をのんだ。車から降りてきた人物は、誰もが知っている連合艦隊司令長官、山本五十六大将その人だったからである。

五十六は壇上に立って搭乗員たちを見渡し、おもむろに訓示を行った。

「今、我々は最も苦しい戦いを続けている。だが、こちらが苦しい時は敵も苦しいはずである。貴重な母艦の航空勢力をラバウルに進出させたのも、この苦しさを乗り越えて血路を開かんがためである。諸子に期待するものすこぶる大である。健闘を祈る」

二〇四空を始め、当日に飛行場で勤務していた航空隊のほとんどの要員がこの訓示を聞いた。搭乗員の反応は様々だった。眼前に見る連合艦隊司令長官の威容に感動を覚えた者もいたが、多くの者が抱いたのは、辺鄙《へんぴ》なラバウルの指揮所に連合艦隊司令長官が立つという、異様な光景に対する興奮であった。戦地で日常と非日常が入り交じった生活を送っている彼らにとって、五十六の来訪は、代わり映えのしない南方暮らしに彩りを添える、一種のスパイスのような扱いでしかなかった。

五十六が指揮所を後にして間もなく、１機の輸送機がラバウル東飛行場に着陸した。尾翼の番号は「Ｔ２―９０１」、二〇四空所属の九六式陸上輸送機である。

機外に降りた青木藏男二飛曹は、基地の様子がいつもと違っていることに気がついた。みんなどことなく浮かれたような気分で、景気の良いことをあれこれ話し合っている。ここまで盛り上がっているのは正月以来だなぁと、青木は不思議に思いながら搭乗員との会話に交じった。

「山本長官がここにいるって、本当なんですか」

「本当も何も、さっきそこで訓示したじゃないか」

「そうか、お前はいま帰ってきたから長官を見てないんだ。間の悪い奴だなぁ」

この日、ラバウルからブインへの空輸任務に就いていた青木は、五十六が指揮所に立っていたちょうどその時、ラバウルへの帰路の途上にいた。たまたま空にいたために、長官の来訪という大ニュースを目撃できなかったのである。この日、長官の搭乗していた飛行艇の護衛に参加していた杉原真平《すぎはらしんぺい》一飛曹は、青木に嬉々として長官来訪の様子を語った。

「長官は俺たち一人ひとりに目を合わせて、『次の作戦ではお前たちに期待するところ大である』って言ったんだ。青木、聞きそびれて損したな」

16時30分、五十六は南東方面艦隊司令部庁舎に戻り、居合わせていた第三艦隊、第八艦隊、第八方面軍の首脳陣と早めの夕食を共にした。その席で、面々は口に出さなかったものの、五十六の様子を見て驚いた。会食中、黙々と食事を口に運んでいく五十六の顔に、明らかに疲れの色が見えていたからである。特にその瞳はどんよりと黄色く濁り、紛れもなく日々の疲労の蓄積を示していた。

「今回、長官がわざわざラバウルまで来訪されたのは、連合艦隊司令部として今次作戦を断固として成功に導きたいがためです」

会食の半ば、黙して語らぬ五十六の心境を代弁するかのように宇垣が口火を切る。

「今次作戦でもし満足な戦果を得られなければ、もはやソロモン方面の勝算は到底見込めません。現地でもそのことはよく分かっているはずです。今までの戦《いくさ》では、司令部が自ら前線に立って指揮を行う例がなく、全軍を叱咤激励する気概に欠けているところがありました」

「連合艦隊司令部はラバウルへの進出で満足することなく、ブカ、ブイン、ショートランドはもちろん、コロンバンガラやムンダまで出向くことを予定しております」

この発言を聞いて、場内からざわめきの声が漏れた。ラバウルより先の島々は今まさに日米の戦力が拮抗《きっこう》している地域であり、米軍の攻撃を受けている最前線である。そんな所にみすみす長官を連れていって、もし万一のことが起きてしまったら……。宇垣の決意表明を聞いた現地部隊の司令長官や参謀長からは不安の声が上がった。

「宇垣さん、いくら何でも無茶ではありませんか。司令部をラバウルに移すだけでも相当議論を重ねたじゃないですか。さらにその先まで行くのは困難です。長官が無事に帰れるかどうか保証できません」

「コロンバンガラやムンダに至っては米軍の艦砲射撃すら受けている地域です。もし長官が戦死されたら、海軍の指揮は一体誰が執るのですか」

いかに他人から意見を具申されようと、宇垣の腹づもりは変わらなかった。

「戦争である以上、生命の危険はどこにでもあります。しかし、長官は既にラバウルにまで進出したのです。ミッドウェー、ガ島と負け続きの今こそ、指揮官陣頭の精神に則《のっと》り、長官が前線に進出して全軍の士気を高める、これは当然のことです。作戦の実施を阻害せざる限り、司令部は断じて最前線への視察を決行致します」

かくして、ラバウルに着いた初日から、い号作戦後に五十六がソロモン諸島の最前線視察を行うという計画が本決まりとなった。現地部隊にとっては寝耳に水のことであり、作戦の合間を縫って、急いで巡視計画のプランを練り上げなければならなくなったのである。

一連のやりとりの中で、五十六は一言も発さなかった。宇垣の主張は自分の主張と同じであるという追認にも、また事ここに至ってはやむなしという諦めの表情にも見えた。

　この日の朝、「武蔵」を発つ直前に五十六は一首の和歌を遺《のこ》した。万一の事態に備え、長官室の金庫に書き置きした色紙には、次のように書かれていた。

　　天皇《おおきみ》の御楯《みたて》とちかふま心はとゝめおかまし命死ぬとも

　彼が異郷の地で最期を迎える、15日前のことであった。

第2章　白装束の偶像

昭和18年4月6日。この日の10時45分、五十六はラバウル東飛行場の指揮所に立っていた。純白の第二種軍装に身を包んだ五十六の姿は、遠目に見てもよく映えた。搭乗員が続々と指揮所前に集まり、訓示を拝聴して出撃の時を待つ。この日発進する攻撃隊は、練度と航続距離の関係から、作戦前日にブイン基地とバラレ基地に進出しておき、翌日早朝にラバウルから発進した制空隊と合流してガダルカナル島を目指す予定になっていた。

五十六は戦前から、日本海軍にあって航空戦力の拡充を訴え続けてきた航空主兵論者だった。大正13年の霞ヶ浦海軍航空隊副長に始まり、空母「赤城《あかぎ》」艦長、海軍航空本部長などを務めてきた五十六は、将来の戦争に備えて航空機や搭乗員の育成に心血を注いだ。それゆえに五十六は、「海軍航空隊の育ての親」とも呼ばれている。だが、実戦でその出撃を見送るのは開戦以来これが初めてのことだった。

この日から16日にかけて、連合艦隊はソロモン・ニューギニア方面に集結していた連合軍の艦隊に対し、「い号作戦」と呼ばれる航空総攻撃を実施した。

この作戦は海軍軍令部の決定ではなく、連合艦隊司令部が独自に計画を練り上げて実施した作戦である。それだけに、作戦に対する幕僚の意気込みは凄《すさ》まじいものがあった。司令長官たる五十六が自らラバウルに進出して陣頭指揮を執っていることが、その最たる例である。さらに攻撃にあたってはラバウルに展開中の第十一航空艦隊の他、第三艦隊の空母「瑞鶴《ずいかく》」「瑞鳳《ずいほう》」「隼鷹《じゅんよう》」「飛鷹《ひよう》」の艦載機までも動員しており、司令部の中では、「真珠湾攻撃をもう一度やり直す」という思いも多分に含まれていた。

いつものように基地の整備員が総出で出撃を見送る中、今日は五十六を始め、連合艦隊司令部の幕僚の姿があった。自らが指揮する部隊の壮途を、司令部は荘厳な帽振れで見送った。この時の情景を、戦後に第二〇四海軍航空隊が編纂した『ラバウル空戦記』では次のように回想する。

「一機また一機と飛び立って行く零戦に、滑走路の両側いっぱいに並んだ基地員が声を限りに声援を送り、指揮所前では白ずくめの正装がひときわ目立つ山本長官が手を振って見送った。この光景に見送られる搭乗員たちも胸がいっぱいになり、思いきりエンジンをふかして滑走しながら、長官や基地の隊員たちに大きく頭を下げ、『がんばってきます』と誓うのだった」

この日の午後も、五十六はラバウル西飛行場でさらなる攻撃隊の出発を見送った。今度は角《かく》田《た》覚《かく》治《じ》中将（第二航空戦隊司令官）が自ら部隊を先導してのバラレ進出である。出撃直前にスコールが降ったため飛行場はぬかるんでおり、天候が小回復した隙をついて離陸が強行されたものの、結局バラレまで辿《たど》り着けず日没直前に引き返すことになった。

五十六はこの時も、攻撃隊が引き返すことを知って指揮所に残り、泥濘《でいねい》の中を着陸してくる航空機を最後まで見届けた。出撃に参加していた奥《おく》宮《みや》正《まさ》武《たけ》少佐（第二航空戦隊航空参謀）は、この時の五十六の心遣いに強く感動したと戦後に回想している。

五十六がラバウルに来て以降、確かに現地の士気は高まっていた。だが、当の本人の心境は複雑だった。五十六は、自分がラバウルで作戦指揮を執ることに対して必ずしも賛同していなかったからである。

「おい、君とは当分お別れだ。一戦やろう」

４月２日の夜、五十六は戦艦「武蔵」の幕僚室にふらりと姿を見せた。司令部は翌朝早く飛行艇でトラック諸島を発《た》つことになっている。幕僚室で仕事をしていたのは、当直参謀として旗艦の留守を任されていた藤《ふじ》井《い》茂《しげる》中佐（連合艦隊政務参謀）ただ一人だった。

「長官、よろしいのですか」

「作戦前の気晴らしだよ」

五十六が賭け事やボードゲームに熟達していたのは有名な話である。その中でも、司令部で相当に腕の立つ藤井は五十六に誘われてよく将棋を指していた。並みの相手なら簡単に「参りました」と言わせることができる五十六でも、藤井との将棋では逆に負かされることもあり、彼にとっては自分の力量を試すための好敵手だった。

雑用を中断して将棋は夜中まで続けられた。その最中、「とうとう最前線に出られることになりましたな」と藤井が話すと、五十六は急に神妙な顔つきになった。そして、「実は、ラバウルには行きたくないんだ」と答えたのである。

「そのことだよ。近頃内地では陣頭指揮とかいうことが流行《はや》っているようだが、本当を言うと、僕がラバウルに行くことは感心しないことだ。むしろ柱島《はしらじま》（山口県）に行くのなら結構なことだが……」

　藤井は目を丸くして驚いた。五十六はさらに話を続ける。

「考えてもみたまえ。味方の本陣が、段々敵の第一線に引き寄せられてゆくという形勢は、大局上芳《かんば》しいことではない。もちろん攻撃のため、また士気鼓舞のための行動とこれとは、全く意味が違うが……」

　五十六はそれ以上何も言わなかった。既に決定事項となったことに後から口を挟むのはためらわれたのだろう。


　なぜ五十六がラバウルに行くことになったのかは、主に2つの理由がある。1つは軍隊の建制上の問題を解決するため、もう1つは自分がラバウルに行くことで全軍の士気を高めるためだった。

　い号作戦の計画が連合艦隊司令部で持ち上がったのは、ガダルカナル島の放棄が決定された昭和18年1月下旬のことである。ガ島からの撤退後、勢力を伸張していく米軍の出鼻をくじくため、ラバウルから総力を挙げて航空攻撃を実施するというプランが、密《ひそ》かに練られていた。しかし、当時ラバウルにいた航空隊は激戦の中で戦力を消耗し、補充も間に合っていない状態だった。これを踏まえ、五十六は内地において再編中だった第三艦隊の航空母艦から、艦載機だけを陸上に移し、攻撃隊の主力に付け加えることを提案した。

だが、これには一つ問題があった。ラバウルで基地航空部隊の指揮を執る草鹿と、母艦飛行隊の指揮を執る小沢は、共に海兵37期卒の海軍中将である。本来ならここでは兵学校時代の卒業成績が良かった順、いわゆるハンモック・ナンバーの順で草鹿が指揮を執ることになっていたが、虎の子の艦載機を門外漢の草鹿が運用することに第三艦隊側が反発した。ここで調停に乗り出したのが連合艦隊司令部である。司令部の言い分はこうであった。連合艦隊司令長官たる山本五十六大将が、ラバウルに出向いて両者を統一指揮すればよい、というのである。

この計画は、宇垣を始めとして連合艦隊司令部の総意とされたが、五十六自身はラバウルに行くことに強く反対していた。五十六と宇垣の間では、ラバウル進出を巡って相当の議論があったようである。

「い号作戦を成功させるためには、長官のラバウル進出が必要不可欠です。長官がラバウルで先頭に立って指揮を執ることで、この作戦の重要性を強く意識させ、将兵の士気高揚に寄与するところが極めて大きいと考えます」

「アメリカのニミッツはハワイに籠《こ》もって後方から指揮を執っているじゃないか。僕がのこのこ前線に出ていっても、あくまで局地的な航空戦に関わるだけだ。現地の司令長官が指揮を執るのと変わらない」

議論は平行線を辿ったが、最終的には宇垣の熱意に押し切られ、五十六が折れる形となった。五十六自身も、自分が最前線に立つことで一般将兵にどれほど深い感激を与えるか、その効果をよく知っていたのである。だからこそ五十六は、個人的な感情を脇に置いて、「海軍の象徴」として自らがラバウルに行くことを選んだのであった。


だが、そんな彼らの熱意とは裏腹に、実際の作戦指導は容易には進まなかった。

「やむを得ません。出撃を1日延期しましょう」

「また引き延ばすのか」

「ソロモン方面の天候は現在も不安定です。この状態で攻撃を強行しても、十分な戦果を挙げることはできないでしょう」

友野気象長が残念そうな顔で五十六に告げる。気象予報のエキスパートである気象長がそう言うのだから、五十六も引き下がらざるを得ない。

「しかし、敵がいないならともかく、雨天という理由で2回も延期とは……」

「そうボヤくな参謀長。古来から戦というものは、好機を見出《みいだ》せば一気《いっき》呵成《かせい》に仕掛けるが、それ以外の時は雌伏《しふく》して時を待つ。そういうものだよ」

にわか雨が庁舎の窓を激しく叩きつける。敵の集結地点を把握していながら攻撃できないもどかしさに、司令部の苛立《いらだ》ちは募っていた。

い号作戦を進めるにあたって、最大の問題は現地の天候不順であった。当時のニューギニア・ソロモン方面はまだ雨期が明け切っておらず、日によって天気が不安定だった。たとえ雨が降らずとも雲量が非常に多いため、編隊飛行や泊地攻撃に支障を来《きた》すことから出撃を見合わせざるを得なかったのである。五十六がラバウルに着任した翌日の4月4日には、作戦の第一目標であったガダルカナル泊地への攻撃が予定されていたが、ソロモン方面の天候不良が続いたため、結局2日も延期されることになった。

「しかし、ラバウルに来ていよいよ作戦開始というのに、雨模様が続くというのは幸先が悪いですな」

「ガ島は今後もずっと雨なのか」

「その可能性が高いと思われます」

「このままぐずぐずと出撃を延ばし続けていては、好機を逸するかもしれませんなぁ」

庁舎の重い空気を払拭するように、黒島先任参謀が立ち上がった。

「延期している間に別の作戦を考えればよろしい。ガ島は雨でも、ニューギニアは晴れてるだろう。明日の攻撃をポートモレスビーに変更してはどうか」

また始まった……と宇垣の渋面がさらに濃くなった。いつもこうなのだ。作戦に関してほとんど柔軟性がなく、障害にぶつかってから初めて計画変更を発議する。それに加え、複数ある目標のどれを優先するかという順位のつけ方も曖昧なままで、硬直した泥縄《どろなわ》式の作戦指導に終始してしまう。庁舎で漫然と時間を浪費して議論を重ねる司令部の姿は、１年前にミッドウェー海戦で手痛い敗北を味わったあの頃と全く変わっていなかった。

い号作戦の内容は、ガダルカナル泊地を攻撃するＸ作戦と、東部ニューギニアのポートモレスビー（Ｙ）、オロ湾（Ｙ１）、ミルン湾（Ｙ２）の各地を攻撃するＹ作戦の２つに分かれている。第一目標はガダルカナルだったが、このまま天候不順で攻撃を達成できないならばせめてポートモレスビーだけでも叩こうと、黒島は作戦の変更を提案したのだ。

「黒島さん、いきなり作戦変更といわれても、準備には時間がかかります」

「ガ島攻撃に使う五八二空はブインに展開中です。それをモレスビーに振り向けるとなると、一度ラバウルに部隊を集結させなければいけません」

　これに食ってかかったのは南東方面艦隊と第三艦隊の参謀たちである。作戦の根幹を揺るがしかねない発言に思わず反発した面々を、黒島は「それを何とかするのが君たちの仕事だろう」と言って黙らせてしまった。

　結局、夕方まで延々と議論は続けられ、ポートモレスビーを攻撃するには事前準備になお１日かかるので不可、という結論が出た。３日の段階で目標変更の可能性について討議しておけば、今頃円滑にモレスビー攻撃に注力できたはずだと、宇垣は自身の日記『戦藻録《せんそうろく》』の中で、司令部の稚拙な作戦指導を悔やんでいる。


「おい青木、山本長官は見られたのか？」

「いえ、行きも帰りも、指揮所に長官はいらっしゃいませんでした」

　兵舎に帰った青木が残念そうに報告する。どうせ来ているなら一目見ておきたいと考えていた青木の思いは、今日も徒労に終わった。

「そうか、わざわざ見に行ったのに残念だったな」

輸送隊の島袋元栄《しまぶくろがんえい》上飛曹が青木の肩を軽く叩く。彼は輸送機隊の古参兵で沖縄出身、日中戦争では陸攻の操縦員だったが脚を負傷し、それからラバウルで輸送機隊の機長を担っていた。

兵舎で憩いの時を過ごしていた輸送機隊のメンバーが青木の前に集まってきたが、結局誰も五十六の姿は見ていなかった。代わり映えのしないラバウルの景色に飽き飽きしていた彼らにとって、五十六とは尊崇《そんすう》の対象というよりも、ただ自分たちの興味をそそる珍しい来客でしかないのである。

「遠くて長官だと分からなかったんじゃないか?」

「白いピカピカの軍服を着ていたという話だ。遠くにいてもすぐ分かるはずさ」

同期の川村勝喜《かわむらかつき》二飛曹が青木に話しかける。高知県出身で青木とは同い年、海軍通信学校時代から一緒に過ごしてきた旧知の間柄だった。

「おい、長官がわざわざこんなところを視察するもんか。それよりお前たち、主計科から何か美味《うま》いもんでも盗《と》ってこい」

横から渡辺悦平《わたなべえつへい》上飛曹が口を挟む。青木と輸送機のペアを組んでいる機長であり、頭の上がらない怖い先輩だった。

「ギンバイですか」

「お前たちが一番下っ端だろう。さっさと行ってこいよ」

渡辺はけだるげな表情で青木たちを突き放す。それまで雑談に興じていた青木と川村は逃げるようにして兵舎の外へ出た。

「また渡辺さんにどやされちまった。相変わらず人使いが荒いんだから」

「俺たちはいつまで新参扱いなんだ。もっと後輩が来てくれればなぁ」

青木の所属する二〇四空輸送機隊では、当時約12名の搭乗員が活動していた。同隊の行動調書を見ると、最先任の下士官は江崎《えざき》広一《こういち》飛曹長で、他に津脇《つわき》芳雄《よしお》上飛曹、島袋元栄上飛曹、山本《やまもと》義次《よしつぐ》上飛曹、渡辺悦平上飛曹、青木藏男二飛曹、川村勝喜二飛曹、武市《たけいち》文雄《ふみお》飛長、寺島《てらしま》卂《じん》上整曹、長谷川《はせがわ》守道《もりみち》二整曹、重富《しげとみ》光久《みつひさ》二整曹の名前が見られる。輸送機は旧式の九六陸攻を改造した「九六式陸上輸送機」と呼ばれる機体で、「T2－901」号機と「T2－902」号機の2機が配備されていた。搭乗員は宮野飛行隊長によって編成を決められ、その日に与えられた空輸任務をこなしていく。青木は渡辺上飛曹と共に輸送機に乗る機会が多く、温厚な島袋上飛曹とペアになっている川村のことをうらやましがっていた。

率直に言って、青木は輸送機隊の人々とあまり交流することがなかったという。青木や川村はメンバーの中でも新参であり、古参兵に色々と雑用を押しつけられ、それを疎《うと》ましく思っていたからである。中でも主計科の調理室に忍び込んで食材を盗んでくる「ギンバイ」などは青木たちの仕事であり、非番の時はあまり目をつけられないよう、彼らと離れて過ごすことが多かった。

その代わり、青木は二〇四空やそれ以外の戦闘機、陸攻搭乗員の話をよく聞きに行っていた。最前線にいながら裏方の輸送任務に就いている青木にとって、華々しく出撃していく零戦や一式陸攻のパイロットは憧れであり、基地に帰投した搭乗員の武勇伝を聞くことが、青木の日々の楽しみであった。それ以外では西飛行場の麓《ふもと》にあるココポの町をふらつくことが多く、兵舎で輸送機隊と一緒にいることはあまりなかったのである。

そんなラバウルの「花形」搭乗員たちの流行は、もっぱら山本五十六のことについてだった。彼らに近しい立場で接している青木には、ラバウルにいる五十六の様々な情報が耳に入ってくる。彼らが嬉々として語る海軍の偉い長官を、一度でいいから見てみたいと思うのは自然の成り行きだった。

しかし、いくら五十六が人々の尊崇を集めていたといっても、五十六は一人である。全ての部隊の出撃を見送ることはできなかった。ましてや、い号作戦に関与しないことであればなおさら優先度は下がる。青木は、ラバウルで五十六が指揮所に立つ姿を一度たりとも見ることはなかった。というより、見ることができなかったのである。連合艦隊司令長官が次期作戦を始めたといっても、作戦に参加せず通常の輸送任務に徹していた輸送機隊が、長官の視察を受けることなど夢のまた夢であった。

「あーあ、長官に会ってみたいなぁ」

「どだい無理な話だよ。もう諦めた方がいいと思うけど」

青木が輸送機隊で心を許せる相手は同期の川村だけだった。その後も２人でとりとめのない話をしたが、一体ラバウルにいる山本五十六とはどういう人物なのか、見当もつかない。一輸送機隊の電信員と連合艦隊司令長官、青木にとって五十六はまさしく雲の上の存在であり、会ってみたいというその言葉も憧れより好奇心の方が勝っていた。

第3章　僕もショートランドへは行きたいからね

ぽちゃん、と波間に音が響く。手作りのウキが潮の流れに沿ってゆったりと流れていく。どこまでも青く広がる快晴の空、照り返しできらめくシンプソン湾の水面は、見慣れた人間にとっては実に平凡な光景である。

青木はこの日も沖釣りに出かけていた。彼の趣味は釣りだった。現地人から酒瓶と引き換えに延べ竿と丸木舟を借り、しばし一人の時間を満喫する。湾内のあちこちで沈んだ輸送船が良い漁礁になっており、水面から突き出たマストを目印に釣り糸を垂らすと、面白いように魚が捕れるのだ。

たとえ非番の時でも、上空を飛ぶ日本機のエンジン音が頭から離れることはない。異国情緒にほだされて戦争を忘れるほどラバウルも平和ではなかった。一時の感傷に浸るには、戦線があまりにも近すぎた。

「短艇訓練よりマシか……」

誰に言うでもなく、青木が独りごちる。ひとたび沖に出てしまえば、後は自分だけの世界だ。まさか輸送機の搭乗員まで緊急発進が令達されることもあるまい。任務以外の時間は、内地よりよっぽど気楽なものだった。

夕方、飛行場に帰ってくる零戦が目についた頃、青木も陸に上がる。釣った魚は輸送機隊の協同戦果として分配され、煮魚や干物になって皆の腹におさまる。

「青木、今日の戦果は？」

「キンメダイ3匹です」

「おお、いいじゃないか。また前みたいに舟をひっくり返して、ずぶ濡れになって帰ってくるかと思ったよ。あれはずいぶんおかしかったなぁ」

「勘弁してください。もうそんなヘマはしませんよ」

「ハハハ、悪かった悪かった……。みんな、今日は青木が大戦果を挙げて帰ってきたぞ！」

すこぶる上機嫌で去っていく渡辺上飛曹を、溜息《ためいき》交じりに青木は見送った。搭乗員には普通の兵士よりぜいたくな食事が出ているとはいえ、若さを持て余した自分たちにはとても足りない。暇さえあれば食料調達、これも数少ないラバウルの娯楽だった。

今日は誰が戦果を挙げたのだろう。明日は誰が、どんな話をしてくれるだろう。毎日華々しい活躍を続ける零戦や陸攻パイロットの裏で、自分は規則正しく定時連絡便を飛ばし、非番の時はギンバイや釣りに勤《いそ》しむだけ。いつまでも輸送機だけではなく、本当の陸攻に乗って最前線で戦いたい。青木は自分の熱意をくすぶらせるばかりだった。

ソロモン諸島の最前線を連合艦隊司令部が視察するという「巡視計画」は、日を追うごとにその規模が大きくなり、いつしか南東方面艦隊と第三艦隊をも巻き込む重大事となっていった。

その原因となったのは、ラバウルに着いて間もない４月４日のことである。この日、五十六は現地の第八方面軍、第八艦隊、第八根拠地隊の司令部庁舎を訪れ、防備の様子や現地幕僚の報告を聴取していた。１日のスケジュールを全て消化し、車に乗って宿舎へ帰る途中、五十六と宇垣の間におおよそ次のような会話があった。

「天候が回復すれば、いよいよ作戦開始だ。僕は東飛行場で航空隊の出撃を見てくるよ」

「長官が直接出撃をお見送りされるだけでも、ラバウルの搭乗員には良い刺激になるでしょう。ひょっとしたら開戦以来の大戦果を上げるかもしれません」

「さすがに買いかぶりすぎじゃないかね。ガ島で航空戦力を使い潰して、補充も追いつかないままの連戦なんだから、僕はむしろ搭乗員の疲労の方が心配だよ」

　ジャングルを切り拓《ひら》いて作られた砂利道の上を、ガタガタと音を鳴らして車が走っていく。

　宇垣は念のため、自分が昨日提案した最前線への視察に関して、五十六の意向を聞いておくことにした。ラバウルへ行くことにあれほど反対していた五十六のことである。敵地にほど近い最前線を見て回ることにも、かなりの難色を示すのではないかという懸念が残っていた。

「長官。今回の作戦終了後はショートランド、ブインなどへの視察を予定していますが、長官はご同行されますか」

「うむ。この作戦が終わったら、僕もショートランドへは行きたいからね」

「はっ、研究致します」

　五十六の返事は意外なものだった。宇垣の予想とは裏腹に、五十六は巡視計画に賛同の意を示したのである。

　これで言質《げんち》を取った、と宇垣は思ったであろう。今まではあくまで「参謀長の私案」に過ぎなかった巡視計画に対し、これからは「山本五十六たっての希望」という強力な後ろ盾がつくことになる。

上意下達の風潮が強い日本海軍という組織にあって、山本五十六という男の立場はある種の特異点であった。通常、連合艦隊司令部は上部組織である軍令部の命令に従って作戦を遂行するが、五十六の場合は逆に、自身の希望する作戦を実現するために軍令部を説得し、追従させることがあった。真珠湾攻撃、ミッドウェー海戦、これらの計画を実行に移すことができたのも、あの山本五十六が希望したから、という一点に軍令部が押し負けたためといって決して過言ではない。「連合艦隊司令長官のご意向」は、海軍全体を動かすほどの絶大な効果を持っていたのである。

宿舎に帰った宇垣はさっそく受話器をとり、福崎《ふくさき》昇《のぼる》中佐を呼び出した。彼は連合艦隊副官として、司令部内の連絡や調整を行うのが仕事であった。

「副官、今さっきのことなんだが、巡視計画の件、長官も『ショートランドへは行きたいからね』と言っておられた。今回の巡視は長官たってのご希望だと、草鹿、小沢両司令長官にお伝え願いたい」

ラバウル行きに反対していた五十六がなぜここで巡視計画に積極的な姿勢を見せたのか、宇垣にはその真意が分からなかった。だが、とにかくこれで巡視計画は実体を伴って動き始めた。気を良くした宇垣は翌日も庁舎の幕僚室に赴《おもむ》き、黒島先任参謀と室井航空乙参謀に対し、改めて巡視計画の研究を命令している。樋端久利雄《といばなくりお》航空甲参謀はい号作戦の調整に専念しているため、具体的な内容は室井を中心として策定された。

　五十六と宇垣がラバウル各地を視察督励する間、巡視計画は少しずつ練られていった。室井が第一案を幕僚室に届けたのは4月10日頃のことである。これを受けて、五十六は直ちに協議の場を設けた。この会議の席上には、第三艦隊から小沢司令長官と山田定義《やまださだよし》参謀長も参加していた。

「長官の巡視は4月15日、視察場所はバラレ、ショートランド、ブインの3つの基地とします。使用する機体は陸攻2機、零戦6機とし、い号作戦に参加中の航空隊から一部を転用致します……」

　室井と黒島が地図を広げつつ一通りの説明を行った。この時点で巡視計画の大綱はほとんど決まっていたが、飛行コースや視察の時刻など細部についてはまだ検討中の段階だった。視察の参加者は五十六と宇垣、室井の他、渡辺戦務参謀、今中薫《いまなかかおる》通信参謀、福崎副官の6名となっており、室井と共に計画に関与した黒島は入っていなかった。

今回視察する基地は全てブーゲンビル島の南端にあり、文字通り日本の最前線として、ラバウル以上に敵機の空襲が激しい戦地となっていた。

ブインはブーゲンビル島南端にある小さな村である。ここに設営されているブイン基地には、第二十六航空戦隊の司令部が置かれており、ラバウルからガダルカナルへ飛行する零戦の前進基地として活用されていた。

ブインのさらに南に位置するショートランド諸島、その本島たるショートランド島には、水上偵察機を擁する第十一航空戦隊の司令部があった。この部隊はガ島戦において多くの輸送船を護衛した実績を持ち、現在はガ島方面の哨戒《しょうかい》任務に就き、予断を許さぬ最前線の状況を偵察するという重大な使命を帯びている。視察を受ける場所としては順当であった。

バラレ島はショートランド諸島に浮かぶ小島の一つで、島全体が飛行場になっており、先住民もいない。現時点で日本の制空権が及ぶとされる最南端の基地であり、主に陸攻部隊の中継地点、あるいは不時着用の滑走路として使用されていた。

「コロンバンガラやムンダまで行く案はないのか」

五十六の質問に室井が答える。

「重々研究致しましたが、現在の我が軍の勢力圏を考えますと、輸送機でショートランドより先へ行くのはあまりにも危険であるため、断念せざるを得ませんでした」

「室井がそう言うなら仕方がない。これだけで我慢しよう」

不満げな面持ちの宇垣を制するように、五十六が発言する。

計画書を一瞥《いちべつ》した小沢は、その内容に不自然な点があることに気づいた。連合艦隊司令長官を最前線へ送るにしては、直掩《ちょくえん》（護衛）機の数があまりにも少ないのだ。

「長官。今回の巡視に関してですが、我々も同行してよろしいでしょうか」

五十六にとっては思いがけない提案だった。

「この計画ですと、直掩機の数が不足しているように感じます。基地航空部隊から直掩機を充当できない場合は、第三艦隊の機体を充てることを検討すべきでしょう」

「将兵の士気高揚に努めたいという考えは我々と同じですから、私としては賛成です」

宇垣はこの申し出を「我が意を得たり」と捉えたが、小沢の本心は別にあった。第三艦隊の幕僚として自らが視察に参加することで、隷下部隊から護衛の戦闘機を何とか工面し、少しでも機数を増やそうと考えたのである。だが、五十六はこれを受け取らなかった。

「作戦中にもかかわらずその責任者が持ち場を離れるのはよろしくないだろう。気持ちは嬉しいが、今は見合わせてもらいたい」

「それに、あまり大勢で行くと手配した陸攻に乗り切れません。万が一の事態があった時にも差し支えますので……」

室井も五十六の肩を持ったが、これに山田参謀長が反論した。

「それなら、なおのこと直掩機を増やして然《しか》るべきではないですか」

「現在は作戦中なので、航空部隊は稼働機の全力を挙げて泊地攻撃に参加しています。巡視計画にこれ以上の兵力を転用すると、全体の作戦遂行に支障を来しかねません」

しばらく押し問答が続いたが、結局第三艦隊の視察参加は取り止めとし、直掩機の問題を含め、詳細に関してはさらに研究を続けることとなった。最後に宇垣が一同を見渡し、会議を締めくくった。

「本案の検討にあたっては、なお計画の一部に多少の危険性を残しているため、今回は連合艦隊参謀長の決裁において採用を見送ることとする。このまま懸念事項が解消されなかった場合、本職より長官に視察をお断り申し上げる可能性もあるので、この点よく含み置き、さらに詳細に研究するように」

皆が席を立った後、小沢はひっそりと黒島先任参謀を呼んだ。

「本当なら、この計画は即刻中止すべきだと俺は思う。しかし、山本長官の決意は堅い。俺が進言したところで、長官は聞き入れてくれないだろう。……もし、どうしても中止しないとしたら、護衛は6機なんかじゃダメだ。俺のところから戦闘機はいくらでも出す。参謀長に、君からも言えよ」

だが、黒島に託された小沢の伝言は、結果的に宇垣や五十六には届かなかった。この直後、巡視計画を牽引《けんいん》していた宇垣がデング熱に倒れ、急遽ラバウル第八海軍病院に入院することになったからである。

第4章　宇垣の入院

眠りについていたラバウルの市街にけたたましいサイレンの音が鳴る。空襲警報だ。4月12日午前3時40分、連合艦隊司令部が起居していた第八艦隊の宿舎では、備え付けの防空壕に慌てて幕僚が集結した。敵の狙いは飛行場だが、まぐれでここに爆弾が落ちてこないとも限らない。五十六を先頭に、狭くて暑苦しい壕の中へ参謀たちが一列に入っていく。

割れんばかりのサイレンと頭痛に顔をしかめつつ、宇垣はゆっくりとベッドから半身を起こした。どうにも身体が動かない。ずいぶん熱もあるし喉も痛い。ただの風邪ではなさそうだが、警報が鳴っている以上は避難しなければならない。何とか廊下まで出てみたものの、数歩あるいて吐き気に襲われそれ以上動けなかった。

しばらく休むしかない。自分の身体が悲鳴を上げているのが分かる。宇垣はひとまず自室に戻り、軍医の来訪を待つことにした。警報中は厳重な灯火管制が敷かれており、部屋は陽の光が差し込むまで真っ暗なままだった。

「発熱、倦怠《けんたい》感、喉の痛み、嘔吐《おうと》感。まぁだいたいデングでしょうな」

　検診に訪れた大久保信《おおくぼしん》軍医大佐（南東方面艦隊軍医長）が診断結果を宇垣に告げた。

「デング熱は蚊を媒介として人に感染します。高熱と共に発疹が出るのが大きな特徴です。マラリアほど悪質ではありませんが、ここの兵士を悩ませている風土病の一つですね」

「実は昨日の朝から少し症状が出ていた。夜に宿舎に帰ったら38度もあった」

「そうですか。一応、登庁しながらでも治療を継続することはできますが、軍医としましては、入院を強く推奨致します」

　これから自分が入院した場合、15日に予定されている巡視に同行できるかどうか。宇垣は悩んだが、今はもうこれ以上の執務に耐えられる自信がなかった。

「ここにいても病院にいても同じだろう。入院させてくれ」

「承知致しました。士官用の病棟を手配致します」

　一方、五十六はこの日もニューギニア方面攻撃に出撃する陸攻隊を見送るため、空襲警報が解除されてから間もなく宿舎を発ち、西飛行場の指揮所に立っていた。

黎明《れいめい》の空襲で地上駐機中の陸攻９機が大破し、残骸を滑走路脇に晒《さら》している。対空砲火の硝煙《しょうえん》が未《いま》だあちこちにくすぶる中、五十六はここから出撃してゆく35機の陸攻の発進を見送った。

ラバウル第八海軍病院は、第八艦隊宿舎からほど近いナマヌラ丘の一角にあった。ジャングルの木々を伐採して建てられたコテージ風の家屋が立ち並び、三角屋根の上にはペンキでくっきりと赤十字のマークが描かれていた。イギリス統治時代に「ナマヌラ病院」と呼ばれていたこの施設は、１９４２年に日本が接収して以来、第八艦隊直轄の軍病院として利用されている。

宇垣は12日の午後、大久保軍医の案内で士官用病棟に入院した。敷地の外れにある病棟は、心なしか他の建物よりも掃除が行き届いて小綺麗に見えた。

「患者は俺の他には誰もいないのか」

「こちらは将官以上の方がお使い頂く病室になっております。今までこの病棟に入られた将官の方はまだいらっしゃいませんので、宇垣様が今回初めての入室者になります」

「なるほど、道理で綺麗に整頓されているわけだ、アハハ……」

第二種軍装から白衣に着替え、病人としてベッドに身を横たえる。宇垣が大病を患《わずら》って入院するのはこれが人生で初めてのことだった。横須賀海軍病院から派遣されてきた宮代、岩井看護婦が彼の身辺を世話し、その懇切丁寧な対応に感動した宇垣は両名の名前を『戦藻録』に書き留めている。病棟の外には谷が広がり、窓からは風光明媚な自然の情景を眺めることができた。

夕方、五十六は宇垣の入院を知って彼の病室を訪れた。そして今日のY攻撃の概況を語り、見舞いの言葉をかけて宿舎へと帰っていった。

宇垣が入院している間、五十六は相変わらず忙しいスケジュールを送っていた。少しでも時間があれば様々な場所を精力的に視察し、そのたびに現地の歓待を受けた。

13日早朝、五十六は西飛行場の視察を行うためラバウルを発ち、ココポへと向かった。ラバウルは陸海軍の様々な司令部が一堂に会しているため、幕僚を送迎するための自動車の台数もかなりの量に上る。そのためラバウルの街中では、当時の内地ですら珍しい「交通渋滞」が発生することもしばしばだった。

ラバウルの送迎車は座乗者の階級に合わせ、将官は黄、佐官は赤、尉官は青の旗をフロントに掲げる決まりになっていた。もし階級が上の車が街道を走る場合、階級が下の車は必ず道を譲らなければならなかったのである。

五十六は海軍大将であるため、送迎車には黄色の旗を使う。黄旗を掲げる車はラバウル中心部では草鹿中将のほか、海軍の鮫島《さめじま》具重《ともしげ》中将（第八艦隊司令長官）、陸軍の今村《いまむら》均《ひとし》中将（第八方面軍司令官）くらいしかなく、町で見かけるのはかなり珍しいことだった。衛兵は黄旗を見れば必ず「捧げ銃」の姿勢をとり、今日はお偉いさんが集まる日なんだな、と考えるのである。

ゆえに、五十六を乗せた車が町を走ると、その情報は必ずどこかから漏れ、搭乗員たちの間でひそやかに共有される。

「青木、今日は町で黄旗の車を見かけたぞ」

「下の町でそうそう黄旗なんて見かけるもんか。見間違いなんじゃないのか」

「例の『連合艦隊司令長官』が物見に来てるかもしれないぜ。ここじゃ何にも代わり映えしない景色も、長官にとっては珍しいだろうからな」

小高い丘の上にある西飛行場では、ココポを主に「下の町」と呼ぶ。昨日は長官が西飛行場で陸攻隊の発進を見送ったというから、今日も飛行場に来るかもしれない、と青木は思った。

「この前は車庫員のところに長官が来たらしい。幕舎で飼ってる猿がいただろ。あれを見て笑っておられたそうだ」

「車庫員といったら、車を整備して転がしてるだけの連中じゃないか。そんなところにまで、よくもあちこち行くもんだなぁ」

輸送機とはいえれっきとした搭乗員の自分を差し置いて、長官は整備員の末端まで余すことなく見物しているらしい。ここまで来たら一度だけでも顔を見てやりたい。青木は今日こそ五十六が来るのを心待ちにしていた。

だが、青木の思惑は外れた。肝心の五十六が今日は西飛行場へ赴くことなく、陸軍部隊の視察に予定を変更したからである。

ココポの町を見物していた五十六は、同地に滞在していた第二師団の幕僚と偶然にも出会い、そのまま師団司令部に通された。

「まさか、来ているとは思いませんでした」

丸山《まるやま》政《まさ》男《お》中将（第二師団長）が温厚な顔で五十六を出迎えた。

「海軍の作戦でラバウルに滞在中です。もう1週間が経ちました」

「いかかですか、南方の空気は」

「どうもぱらぱらと砂が混じって、いかんですな」

応接間に軽い談笑が響く。五十六はしばし、丸山師団長との会談に興じた。

第二師団は明治21年、現在の宮城県仙台市に創設された日本陸軍最初期の師団の一つで、宮城、福島、新潟の3県を管轄とした。太平洋戦争では蘭印（オランダ領東インド）に出征、次いでガダルカナルの戦いに投入されたものの大損害を被《こうむ》り、昭和18年2月に辛くもブーゲンビル島に引き上げていた。その後はラバウルまで後退し、さらに4月中旬には戦力再編のためマレー・シンガポールに転進することが決まっていた。

五十六にとって、第二師団は郷里の師団である。さらにこの師団に所属している歩兵第十六連隊は長岡出身の兵士も多く、五十六は同郷のよしみとして彼らに特別な親近感を寄せていた。

それだけに、五十六はガ島に投入された第二師団の動向にかなりの関心を持っていた。敗色濃厚となった昭和17年末になると、五十六はラバウルに赴任したばかりの今村中将に対し、「同郷の十六連隊は多数の損失を出している。連隊長も戦死したそうだ。ガ島を奪回できなければ自分は郷里に帰ることはできない。よろしく頼む」と語ったという。

「十六連隊は、その後どうなりましたか」

「現在、戦力の再編を急いでいます。生存者の大部分は近くの兵站《へいたん》病院に収容しました。よろしければ、このあと見ていかれますか」

「そうですか。是非お願いしたい」

「長官、今日は西飛行場の視察が予定されておりますが、よろしいのですか」

付き添いの福崎副官が確認をとったが、もう五十六の心は決まっていた。

「構わない。あそこは昨日も見たし、今日は出撃する部隊もないからいいだろう」


　ココポの町外れに、陸軍の第百三兵站病院があった。ここにはガ島から撤退したばかりの第二師団・第三十八師団などの将兵が収容されており、手狭な病院はすぐに満杯になった。将校は部屋の中に布団を敷いて寝られるが、下士官以下は何もない地面に毛布一枚で起居するしかなく、足の踏み場もないほどに傷病兵が溢《あふ》れかえっていた。毎日のように栄養失調と病気で何人かの兵士が亡くなり、そのたびに看護婦が遺体を外に運ぶのが、病院の日常的な風景だった。

　五十六はこの第百三兵站病院を視察し、兵士一人ひとりを手厚く見舞った他、看護婦や軍医に対し激励の言葉をかけた。ここで五十六がどのような会話をしたのかは記録に残っていないが、この視察で五十六が得たものは、決して小さくなかったはずである。

結局、この日は西飛行場を見ることなく、そのまま南東方面艦隊司令部庁舎に帰ることになった。五十六は後に、デング熱から復帰して登庁した宇垣に対し、「実はココポで第二師団と面会して、病院の兵士を慰問してきた。何となく胸がすうっとした。おかげで飛行場は見ずに帰ってきた」とこぼしており、宇垣はこの時の五十六の口ぶりが強く印象に残ったという。

第5章　巡視計画の真意

生ぬるい海風が庁舎の窓から入ってくる。じっとりと肌にまとわりつく湿気が、人間の集中力を容赦なくかき乱す。うだるような熱帯の蒸し暑さに耐え切れず、しきりに扇子を仰いで作業の中断を余儀なくされる。

ラバウルの庁舎に詰める幕僚のデスクワークは、毎日がこの不快感との戦いである。南東方面艦隊航空乙参謀の野《の》村《むら》了《りよう》介《すけ》少佐は、この日も幕僚室で執務に励んでいた。拭《ぬぐ》っても拭っても、顔から玉のように汗が噴き出てくる。それは彼がラバウルの酷暑にほとほと参っていただけではなく、巡視計画の策定を任されているというプレッシャーにも由来していた。

「ショートランド行きの件は、今どうなっているのか」

庁舎に戻った五十六が開口一番に質問を飛ばす。執務室に居合わせた参謀たちにサッと緊張が走った。

「はっ、まだ計画は出来上がっておりません」

黒島参謀が慌てて答える。実は、この質問はこれで3回目のことだった。4月10日に室井の提出した第一案が取り下げられて以来、五十六は何度か執務室に立ち寄り、い号作戦に忙殺される参謀たちに巡視計画の進捗《しんちょく》を尋ね、最終案の提出を督促していた。

その返答はいずれも芳しくなかった。計画はまだ調整中だったのである。特に11日以降はニューギニア方面の攻撃に合わせて作戦準備がさらに忙しくなり、出張中の連合艦隊司令部だけでは巡視計画のことまで手が回らなくなっていた。

加えて、計画の旗振り役であった宇垣はデング熱で体調を崩し、今は入院している。それゆえに五十六は、不在の宇垣に代わって自ら督促することで計画を進めようとしていたのだった。

「現在、細部に関しては野村参謀を加えて調整しています。近日中にはまとまるかと思います」

「そうか。いずれにせよ早めに決めてほしい。もし参謀長が行けなければ自分だけでも行くつもりだ」

一方、連合艦隊司令部から巡視計画の策定を求められた南東方面艦隊司令部では、野村参謀がその任にあたっていた。現地の情勢に詳しい南東方面艦隊の参謀を交え、協同して計画を研究するという建前であったが、当の連合艦隊司令部が巡視計画に関与する余裕がなく、実質的には野村一人に丸投げされたようなものであった。

五十六からたびたび進捗を聞かれているという切迫した事情もあり、計画を根本から見直す余裕はない。野村は室井が策定した第一案をベースとし、さらに細かな修正を施した上で、4月13日昼に最終案を提出した。

五十六は直ちに、幕僚を集めて会議を開いた。

「前回の案から何か変更があったものと思うが、まず日程はどうする」

「当初は４月15日を予定しておりましたが、準備期間の問題から、巡視の実施は４月18日とし、悪天候の場合は１日延期することを考えております。なお、現地での水先案内として今回は私も同行致します」

居並ぶ参謀たちの質問に野村が答えていく。焦点となったのは、視察する基地、日程の調整、飛行コースの選定、使用する機体の4点であった。

視察する基地は室井案から変わらず、バラレ・ショートランド・ブインの3つとした。なお今回はブインと同じく零戦の拠点となっていたブカ基地（ブーゲンビル島の北にあるブカ島に存在）、不時着場があったキエタの視察も検討されたが、日程の折り合いがうまくつかず、上空から基地の外観を望見するのみとした。

「前回の案は敵機と遭遇する危険性を考慮して却下されたが、この点はどうなっているか」

「はい。敵機が来襲する恐れのない時間帯に視察を行うことで対応します」

野村が恐れていたのは、移動中の敵襲よりも、むしろ視察中に地上で米軍機の空襲を受けるという事態であった。そこで、南東方面艦隊司令部で過去3ヶ月のショートランド、ブイン方面に対する敵機の空襲状況、特に上空侵入時刻の統計をとったところ、11時から14時頃までは敵機が1回も来襲していないことが分かった。つまり敵機の侵入は早朝の威力偵察、もしくは夜間の空襲に限られており、制空権が確保できている昼間の内に行動すれば安全、という結論を既に出していた。

よって、野村はバラレ着を11時、ブイン発を14時に設定し、その間の3時間で各所を視察すれば、米軍の攻撃を受けずに巡視計画を終えられるとした。なお、ラバウル－バラレ間はおよそ2時間かかるため、連合艦隊司令部のラバウル出発は9時と設定された他、バラレ－ショートランド間は距離が近く、万一の空襲対策も考え、空路ではなく海路で移動することに決定した。そのため、ブインに展開していた第一根拠地隊が駆潜艇1隻をあらかじめ用意することになった。

　できるだけ連合艦隊司令部が空中に留《とど》まる事態を避けるため、往路はブーゲンビル島北端のガゼル岬から南端のモイラ岬を行く最短コースとした。帰路はブーゲンビル島東岸を北上してブカ島の空中視察を行い、16時頃にラバウルへ到着する算段となった。

「使用する機体は陸攻2機、および零戦6機とします」

「この前は直掩機の数が少ないという意見が出ていたが、そのままでいいのか」

「はい。大丈夫でしょう」

　自分たちより情勢に詳しい現地の参謀が言うのであれば……と、連合艦隊司令部からもそれ以上の意見は出なかった。野村は直掩機の数を増やすよりも、敵機と遭遇しない時間帯を選んで行動するという、消極的な案を採用したのである。

　巡視計画の直掩機が少ない理由は主に2つあった。1つは室井案の会議で出た意見の通り、現在はソロモンに点在する基地航空部隊のほぼ全ての戦力をい号作戦に投入しており、巡視計画に多数の機体を転用した場合、本来の作戦遂行に支障が出ることを懸念したためである。

だが、それはあくまで建前上の問題に過ぎない。巡視計画によって作戦に支障が生じるのであれば、実施予定日を作戦終了後に設定し、改めて直掩機を割り当てればよいだけである。そして実際に巡視は15日から18日に延期となったが、それでも直掩機の数は修正されず、最初から最後まで6機のままだった。

直掩機の数が少なかった最大の理由は、連合艦隊司令部が「ラバウルからブーゲンビルまでの制空権が日本側にある」と断定し、現地が頻繁に米軍の空襲を受けていたという事実を過小評価していたためである。会議の席についている誰もが気づいていなかったが、連合艦隊司令部がここで敵機に関する警戒を怠ったのは、この巡視計画そのものを平時の閲兵式《えっぺいしき》と同様のものと見なし、航空機を使った最前線進出も一種の儀礼飛行としか考えていなかったからだと思われる。すなわち全員、心のどこかで「敵機は現れない」ものと思い込んでいたのであった。自分たちの都合の良い方に戦況を判断し、慢心していたがゆえに敗北を喫したあのミッドウェー海戦の教訓から、司令部は何も学んでいなかった。

最終案を一読した連合艦隊司令部は、おおよそこの通りの案で行こうということになった。会議も終わりにさしかかった時、今までずっと幕僚の話し合いを聞いているだけだった五十六は、野村に一つ要望を出した。

「ブインでは他にも見ておきたいところがある。滞在の時間をもっと増やすことはできないか」

野村は面食らった。絶対に敵機と遭遇しないと予想されるのはわずか3時間である。それ以上に巡視の時間を延ばせば、万一の事態も起こりうる。

「飛行場の他には、第一根拠地隊司令部の視察が予定されています。それ以外となると、どこを視察されるのですか」

「十七軍の司令部を訪問したい。あそこには色々と会わねばならぬ義理がある」

どうしてもできないか、と五十六は重ねて頼み込んだ。居合わせる幕僚は何かを察したかのように、皆一様に押し黙ったままである。

「……では、ブイン視察をもう少し長めにとるよう調整致します」

「そうか、是非やってくれ」

会議はこれで振り出しに戻った。五十六は安心したかのように目をつぶり、また口をへの字に結んだまま動かなくなった。黙して語らぬ彼の脳裏には、どうしても忘れることのできないある光景が浮かんでいた。

それは今から約2ヶ月前、昭和18年2月9日のことだった。

「ご苦労であった」

トラック諸島に碇泊《ていはく》する戦艦「武蔵」の甲板から、五十六の威厳のある声が響く。「武蔵」に横付けした駆逐艦には、ケ号作戦で撤退した陸軍の兵士たちが溢れんばかりに乗せられていた。ほとんどの兵士は飢えて痩せ細り、ぼろぼろにすり切れた衣服を辛うじてまとっているだけに過ぎない。彼らの中には長岡の隣町、新発田《しばた》で編成された歩兵第十六連隊の兵士も含まれていた。

「ご苦労、ご苦労、ご苦労……」

生ける屍《しかばね》のようになった兵士の姿を目の当たりにし、五十六は悲痛な思いで彼らに声をかけ、不動のまま敬礼を続けた。そもそも彼ら陸軍兵士をここまで追い込んでしまったのは、ガ島への補給を滞らせた海軍に責任があると五十六は考えていたからである。

昭和17年12月31日、大本営は御前《ごぜん》会議においてガダルカナル島からの撤退を決定した。ガ島に残された陸軍将兵を救うため、連合艦隊は駆逐艦22隻を投入した海上輸送「ケ号作戦」を決行、昭和18年2月1日から7日にかけて、三次にわたる輸送で約1万1000人の将兵を撤退させることに成功した。五十六が目の当たりにしたのは、作戦を終えた艦がトラックへ帰投した時の光景であった。

「武蔵」の長官室で、五十六は幕僚の面々を前にガ島戦の総括を語った。その顔には、困難な戦局に対する焦りと疲弊の色がありありと浮かんでいた。

「ガ島には約3万の兵力を投入したが、ついに撤退のやむなきに至った。海軍で救出できたのはそのうち1万あまり。飢えと病に斃《たお》れた幾万の将兵に対し誠に申し開きが立たん」

ガダルカナル島に連合軍が上陸したのはおよそ半年前、同じ連合国であるアメリカとオーストラリアを分断すべく、海軍陸戦隊がニューギニア、ソロモン諸島に進出し、その最果てのガ島に飛行場を設営したことが発端であった。連合軍は島に上陸すると完成したばかりの飛行場を奪い、海軍はこの状況を打開すべく陸軍の力を借りた。かくして第十七軍がガ島奪還の指揮を執ることになったが、制空権を敵に握られている状況では補給が捗《はかど》らず、部隊は飢餓と疫病に苦しみ、撤退にまで追い込まれてしまった。

「ガ島の奪還を巡って、我々は度重なる海戦で相当の戦果を収めたが、現地に対する補給は目標の半分も達成することができなかった。要するに連合艦隊は陸軍を囮《おとり》として、自分たちだけの目的達成を図らんとして陸軍を窮地に陥れた」

黄色く濁った目を潤ませ、五十六は苦渋の面持ちで呟《つぶや》いた。

「ガ島戦の失敗はもちろん陸軍の責任だ。だが、作戦のための輸送補給を全うできなかった海軍にも罪がある」

第十七軍はガ島撤退後、ブーゲンビル島エレベンタに本部を置き、残存戦力の再建に努めた。エレベンタには患者2000名を収容可能な第七十六兵站病院が設営されていたが、ガ島帰りの兵士が続々と運び込まれ、その過密ぶりは常軌を逸するものがあった。

司令官の百武晴吉《ひやくたけはるよし》中将は、2月14日にエレベンタで第八方面軍の今村中将と今後のことを話し合い、また20日にはトラックへ出張して連合艦隊司令部にガ島戦への協力に対する感謝の言葉を述べたという。五十六と百武がどういう会話をしたかは分かっていないが、肉体的、精神的に追い詰められた百武司令官のやつれた相貌が、五十六に強いショックを与えたであろうことは想像に難くない。

やや話は逸《そ》れるが、2月14日の今村と百武の会話は次のようなものだったという。

この日、挨拶の後で百武は、

「こんな惨憺《さんたん》たる作戦に陥れ、何とも申し訳ありません。後刻お一人だけにお話し申し上げたいと存じます。時間をお決め願います」

と今村に語った。

そこで参謀や副官を抜きに、２人だけで話し合いをする場が設けられた。百武は周囲をはばかる声で、ありのままの心境を独白した。

「ガ島戦では、部下の３分の２を斃し、しかも目的を達し得ない。このような戦は我が国の歴史上にないことです。私がガ島で自決せずここに収容されましたのは、残り３分の１の生存者、１万人の運命を見届けるのが義務であり、責任であると思ったからです。つきましては、今後の始末はどうか方面軍でやって頂き、私は敗戦の責任を果たさせて頂きます」

百武は腹を切るつもりだ、と今村は確信した。だが今村には、軍司令官一人に全ての責任を負わせて彼を見殺しにすることなど到底できないという気持ちの方が強かった。

「お気持ちはよく分かります。自決して罪を詫びることにも意義があります。私はお止めしません。ただ、自決はいつでもできますので、その時機につき参考のため私の考えを申し述べます」

「ガ島で戦死した、しかも餓死した2万の英霊のためにどうしてそんなことになったのかの顛末《てんまつ》を、詳しく記述して後世の反省に役立たせることは、あなたの義務です」

今村はあくまで抑えた口調で、滔々《とうとう》と百武を諭《さと》し続けた。百武の目には、大粒の涙が溢れていた。

「貴官はただ今、自決して罪を詫びると申されたが、本当にあなたが兵を餓えさせたのですか。横綱が１００日間も雑草だけしか食べられず、駆け出しの力士に土俵の外へ追い出されたとして、それが横綱だけの責任でしょうか」

「既に制空権を失いかけている時機に、補給を甘く見積もり、3万もの軍をそこに投じた者にこそ、本当の責任があるのではないでしょうか。二度とこのような無謀の過失を繰り返さないよう、この苦闘の実状を書き残しておかなければなりますまい」

「ここに収容した1万人のこれから先は私が引き受けます。しかし、たとえ白骨となっても鉄帽をかぶり、銃を手にして今なお密林の塹壕を守り続けているガ島の戦友2万の御霊《みたま》を見守ることこそが、あなたのやらなければならないことだと私は信じます」

百武は、今村の説得によって自決を思いとどまった。彼が連合艦隊司令部を訪問したのはその直後のことであるが、本来なら腹を切るべきところを「死に損なって」なお、軍の再起を誓わんとする百武の懸命な姿に、司令部は深く感じ入るところがあった。

五十六は、あの凄惨な状態になって帰ってきた兵士たちの姿を、自分たちの責任を糾弾するどころか、むしろ感謝の言葉を述べた百武司令官の顔を、どうしても忘れることができなかった。そして、近い内に必ず第十七軍の司令部を答訪し、エレベンタに身を寄せている陸軍兵士一人ひとりを慰問するという決意を、密かに固めていたのである。

ほどなくして、その決意を実現するチャンスがやってきた。い号作戦である。作戦指揮のためラバウルへ行くことには反対していた五十六が、到着してから「僕もショートランドへは行きたいからね」と発言したのは、ブーゲンビルで再編中の第十七軍を答訪するというかねてからの考えが、ここで再び頭をもたげてきたからだと思われる。さらには第二師団司令部と偶然の面会を果たし、野戦病院さながらの光景が広がるココポの兵站病院を見舞ったことで、彼の決意はますます強くなった。ここまで来たら、行かねばならない。五十六はその衝動に強く突き動かされていた。

「お気持ちはよく分かりました。再度、この場で検討してみます」

五十六の意を汲《く》んだ野村は、テーブルに広げられた計画書にもう一度向かい合った。ただでさえタイトなスケジュールをこれ以上引き延ばすとなると、道中の危険性がそれだけ高まることになる。居並ぶ幕僚たちの間で、再び真剣な議論が交わされた。

「ブインの陸軍部隊の訪問が加わるなら、全体のスケジュールは絶対に3時間では収まらない。視察する基地を減らすか、時間を延ばすしかない」

「先ほど申し上げました通り、絶対に敵機の侵入がないと言えるのは昼間の3時間です。もちろんそれも過去の統計から推測したことですが、他の時間帯よりは安全です」

「では、その時間は全てブインの視察にしましょう。それ以外はどうしますか」

黒島、渡辺、室井、野村、その他の参謀が各々の意見を述べていく。

「視察の第一目的は航空将兵の激励にある。バラレ、ショートランドの整備員に至るまで、等しく長官の観閲を受けなければ、今回の巡視の意味はない」

「バラレ、ショートランドの視察を午後からにしてはどうでしょうか」

「帰投が夜間になれば、米軍の夜間爆撃と重なる恐れがあります。それに、視界不良で不時着する恐れがないとはいえません」

「となると、午前中ですね。バラレの到着を8時に設定すれば、滞りなく全ての基地を視察できると思います」

「長官、陸軍部隊に慰問品は送られますか」

誰ともなしに、五十六に向けて質問が出た。五十六は「うむ」と言ったきり、口を結んで何も言わない。委細は全て幕僚に任せるつもりのようだった。

「品物に関して何か指定はございますか」

「いや、ない」

「承知しました。それでは、酒保《しゅほ》から適当に品物を見《み》繕《つくろ》います」

「陸攻はもう定員なので、専用の輸送機が欲しいですね。野村さん、何か手空きの機体はありますか」

「ラバウルとブインの定期連絡便に品物を積み込むよう手配します」

「では、それでいきましょう」

こうして、巡視計画の最終案が固まった。ブイン滞在のためそれ以外の視察が３時間前倒しになり、輸送機を１機追加したのが大きな変更点である。

本来の予定を大幅に超過したスケジュールとなったが、それに伴い直掩機の数を修正するべきだという意見は出なかった。万一の事態を想定し、かつ長官の意向に沿ってできる限りの手を尽くしたという満足感が、解決されるべき最も重大な問題を覆い隠してしまっていたのである。

会議が終了したのは西日が傾き始めた頃だった。巡視計画は宇垣によって最終的な決裁が行われることになっているが、今回は宇垣が入院しているため、直ちに草鹿南東方面艦隊司令長官と鮫島第八艦隊司令長官によって暫定的な決裁が行われた。

さらには、視察予定のバラレ、ショートランド、ブインの海軍側責任者に巡視の予定を伝えなければならない。計画決定から実行までわずか5日しかなく、関係者全員をラバウルに集めて書面を交付する時間はなかった。そこで関係各部に無線で行動予定に関する電報を打つこととし、13日17時55分、室井と野村が電報を起草した。そして病床にある宇垣の決裁を確認した後、ラバウルの南東方面艦隊司令部庁舎から、「GF機密第一三一七五五番電」として巡視計画の電報が発信された。このとき、時刻はすでに14日0時を回っていた。

GF機密第一三一七五五番電（現代語訳）
着信者　第一根拠地隊、第二六航空戦隊、第十一航空戦隊各司令官、第九五八海軍航空隊司令、「バラレ」守備隊長

受報者　連合艦隊司令長官
発信者　共符
本文、発　南東方面艦隊司令長官、第八艦隊司令長官
連合艦隊司令長官は4月18日、左記により「バラレ」「ショートランド」「ブイン」を実視される。

（一）〇六〇〇、中攻（戦闘機6機を付す）にて「ラバウル」発、〇八〇〇「バラレ」着。直ちに駆潜艇（あらかじめ第一根拠地隊にて1隻を準備する）にて〇八四〇「ショートランド」着。〇九四五、右の駆潜艇にて「ショートランド」発、一〇三〇「バラレ」着（交通艇として「ショートランド」には大発、「バラレ」にては内火艇準備のこと）。一一〇〇中攻にて「バラレ」発、一一一〇「ブイン」着。第一根拠地隊司令部にて昼食（二十六航空戦隊先任参謀出席）。一四〇〇中攻にて「ブイン」発、一五四〇「ラバウル」着。

（二）実施要領、各部隊において簡潔に現状申告の後、隊員（一根病舎）を視閲（見舞）される。ただし各部隊は当日の作業を続行する。

（三）各部隊指揮官、陸戦隊の服装は略綬とするほかは当日の服装とする。

（四）天候不良の際は１日延期される。（終）

かくして、計画の歯車は音を立てて回り始めた。連合艦隊司令長官の最前線視察は、これで本決まりとなったのである。

第6章　過ぎゆく日々

　水平線に沈む夕陽が庁舎の窓から見える。椰子《やし》の葉と海の白波がきらきらと陽の光をかえし、オレンジ色に染まる南洋の浜辺はまさに異国情緒そのものの感慨を人々に与える。この自然の美しさは常在戦場のラバウルといえども変わらず、見る者の心情を和らげる不思議な魅力があった。

　鉄鍋からぐつぐつと煮えたぎる音が響き、砂糖醤油の甘い香りが鼻をつく。牛肉、ネギ、糸こんにゃく、焼き豆腐、春菊……いずれも南方の代用品を使わない、日本から持ち込んだ食材が豪勢に鍋へと敷き詰められているが、質素倹約にうるさい草鹿も今日は何ら気にするところがない。

「やあやあ、お招きありがとう」

「久しぶりじゃないか。まさか貴様もここに来ていたとはな」

「さぁ、今日はささやかだが、パーッと景気良くやろう」

草鹿が音頭をとり、招待された一同がすき焼きを囲んで杯を交わす。現地のうだるような暑さも少し和らぎ、吹き抜ける海風が気持ちよく頬をなでてくれた。

4月13日の会議後、南東方面艦隊司令部庁舎では草鹿の発案で、海兵37期生のささやかなクラス会が催された。参加したのは草鹿、小沢、鮫島中将の他、武田《たけだ》哲郎《てつろう》大佐（日春丸監督官）、柳川《やながわ》教茂《のりしげ》大佐（第五日の丸監督官）を加えた5名である。武田と柳川は充員召集で予備役から復帰したばかりで、ラバウルへ回航された輸送船2隻の指揮を執ることになっていた。

「おお、みんな集まってるな」

そこに、ウイスキーを片手に満面の笑みをたたえた五十六が現れた。ジョニー・ウォーカーの黒ラベル、舶来品のスコッチウイスキーである。

「長官、お待ちしておりました。その酒瓶はどうしたのですか」

「なに、名誉会員たるものは、これくらいのことはせねばなるまい」

気にするな、といった調子で、五十六はどっかりと席に腰を下ろした。寡黙な連合艦隊司令長官という堅い殻を捨て、後輩の栄達を素直に喜ぶ気立ての良さが顔に表れていた。

五十六と海兵37期生には、切っても切れぬ深い縁がある。明治42年11月、海兵37期生が遠洋航海訓練のため二等巡洋艦「宗谷《そうや》」に乗艦した際、分隊長として彼らの教育を担当したのが、若き日の山本五十六大尉だった。

五十六の座右の銘に、「やってみせ、言って聞かせて、させてみせ、ほめてやらねば、人は動かじ……」という言葉がある。五十六はこの言葉を生涯の格言とし、率先垂範を旨として多くの部下を育て上げてきた。もちろん、草鹿や小沢を始め、この場に集まったクラスメイトも例外ではない。

それゆえ、草鹿はクラス会のゲストとして五十六も特別招待しようと思い、話を切り出すタイミングを考えていた。ところが、風の噂でこれを聞きつけた五十六は先手を打って、「俺はお前たちにとっての『名誉会員』だが、もちろん今夜のクラス会には招待するだろうな」と話しかけ、草鹿を驚かせたという。

「あの頃私たちは少尉候補生でした。今ここにいられるのも長官のご指導のおかげです」

「俺も指導官として、第一線で活躍しているお前たちの姿を見られて嬉しいよ」

「戦地で同期の桜と思い出話に興じる。良いものですな、長官」

無口な小沢が酩酊しつつ五十六へ絡んだ。

「聞けば、長官は敵地に飛び込む部下将兵に、万葉ばりの和歌を書いて贈られるとか、手帳に書きつけているという話ではないですか。あれはあまり感心しませんなぁ」

「またお前は俺の悪口を言うか」

「いやそうではありません。今から死地に乗り込む部下に対し、お前ばかり死地に投ずるのではない、俺も後からゆくのだと、そういうように聞こえますが、これはずいぶんまずい。連合艦隊司令長官はかけがえのないお方だ。そう簡単に死地に赴くようなことを言われては困ります」

「うーむ、確かにお前の言う通りだ。つまり俺の歌が未熟なのが悪いんだ」

「あなたの生国越後では、良寛《りようかん》和尚《おしよう》のように生の真実を詠《よ》んだ歌人がおるではないですか」

「そうだ。俺の国で一番エライ人物は上杉謙信と良寛和尚だ！」

一同にどっと笑いが起こった。

賑《にぎ》やかな夜はあっという間に過ぎた。解散の直前、五十六は皆に声をかけた。

「おい、せっかく皆で集まったのも何かの縁だ。寄せ書きでもしようじゃないか」

「そうたくさんは書けませんが、誰に送りましょうか」

「鈴木さんと、それから古賀がよかろう」

五十六が名前を挙げたのは、それぞれ鈴木《すずき》貫太郎《かんたろう》と古賀《こが》峯一《みねいち》のことである。

鈴木貫太郎は慶応3年生まれ、海兵14期卒で、明治42年当時は「宗谷」艦長を務めていた。終戦時の内閣総理大臣としてのイメージが強いが、現役の頃は日露戦争に駆逐隊司令として参加した古株で、「鬼貫《おにかん》」の異名を持つ厳格な提督として武名を轟《とどろ》かせていた。

古賀峯一は明治18年生まれ、海兵34期卒で、五十六の2個下の後輩である。当時海軍中尉だった彼は五十六と共に「宗谷」に乗艦し、主任指導官補佐として37期生の教育を担当していた。

五十六は巻紙を用意すると巻頭に挨拶文をしたため、達筆をふるって、「元宗谷分隊長、連合艦隊司令長官山本五十六」と記入した。次いで草鹿、小沢、鮫島、武田、柳川も順々に署名し、立派な寄せ書きが出来上がった。

「鈴木さんや古賀はこの寄せ書きを見て、あの頃の候補生どもがこうやって、それぞれ前線で頑張っているのを非常に喜ばれるはずだ」

五十六の言葉に、署名した一同は胸がいっぱいになった。

「特に鈴木さんなら、きっとこの手紙を神棚に上げて置かれるだろう」

寄せ書きは作戦終了後に内地へ帰投する小沢が預かることになり、この日は解散となった。五十六はかわいい後輩たちの姿を見つめ、いつまでも満足げに笑っていた。

「もうよろしいのですか」

「ああ、大丈夫だ。ずっとここにいては、身体がなまってしまうからな」

12日からデング熱で入院していた宇垣の容態は、その後回復に向かっていた。入院翌日の午後には体温が平熱に下がり、懸念されていた発疹もなく、今日の朝には下痢も止まった。早く職務に復帰したい宇垣にとって、これ以上ここに留まる理由はなかった。

「宇垣さん。あなたの身体はまだ病み上がりの状態です。できれば今一日、静養された方がよろしいかと……」

「ありがとう。しかし、もうここにいる理由はない。手厚い看護に感謝します」

「そうですか……。決して無理なさらないでくださいね」

院長、看護婦に礼を述べ、宇垣は14日15時、無事に第八海軍病院を退院した。

これより少し前、未だ病床にある宇垣のもとに、計画書と電報を入れた封筒が届いた。13日夜のことである。

「結局、俺は参加が間に合わないか」

「いえ、計画書を読むと分かりますが、準備の都合で出発は18日となりました」

「そうか、それまでに何とか身体を治しておく」

連絡に来た福崎副官の前で、宇垣は計画書を披見した。細々と予定が書いてあるが、特に問題がありそうなところはないように思えた。

「これはもう現地へ伝えたのか」

「いえ、参謀長の決裁を終えてから発信するとのことです」

「俺は病人なんだから、そっちで勝手にやってくれればいいじゃないか。すでに決まってしまったことに今さら口を挟むつもりもない。早く現地に指示を飛ばしてやれ」

最後の会議には参加できなかったが、大体の研究は終わったと判断した宇垣は、そのまま署名と決裁の判を押して庁舎に返却した。エレベンタの第十七軍司令部を訪問することは、宇垣もラバウル到着の時点で心に決めていたことであった。

「それから……」

「まだ何かあるのか」

「トラックより軍医長と主計長が来着致しました」

よわったな、と宇垣は顔をしかめた。少し意外な申告だった。

ラバウルへ出張するにあたり、連合艦隊司令部は前もって、直接作戦に関わる役職以外はトラックの「武蔵」で待機しておくよう命じていた。司令部の人員は40人を超す大所帯だが、長官が行くならば自分もラバウルへ、と参加を表明した幕僚が後を絶たず、宿泊先の第八艦隊宿舎の収容人数を考慮しても、全員で行くことが不可能だったためである。

「お前たちは来なくてもよいが、もし来るのであれば時機を見て出張するように」

宇垣は事前に、「三長」と呼ばれていた高田《たかた》六郎《ろくろう》軍医少将（連合艦隊軍医長）、北村《きたむら》元治《もとはる》主計少将（同主計長）、久保田《くぼた》芳雄《よしお》機関大佐（同機関長）に対しても個別に指示を出していた。来るな、とは言わなかったが、まさか本当にラバウルへ来てしまうとも思っていなかったのである。

「八艦隊の宿舎は満杯なので、ひとまず南東方面艦隊の庁舎で宿泊するよう手配致しました。参謀長、いかが致しましょう」

福崎はこちらの指示を待っているようだったが、もう作戦も後半に来ており、彼らのやることは特になかった。

「……来てしまったものはしょうがない。別にこちらから指示することもない。そのまま待機しておいてもらう」

「分かりました」

「機関長はどうした」

「久保田機関長は風邪気味のようでして、今回は出張を見送ったとのことです」

「そうか……。『巡視が終わればすぐトラックに帰る。これ以上は誰も来なくていい』と、向こうに伝えておいてくれ」

用件を言い終わった宇垣はまたベッドに横になった。来着した高田軍医長と北村主計長は、まだ巡視計画の実施について何も知らされていなかった。


「部隊長殿。ココポの兵站病院に連合艦隊司令長官が来たという話が届きました」

明けて14日、陸軍第十四兵站《へいたん》衛生隊本部長の高野五郎《たかのごろう》軍医大佐は、仕事の合間に福田恒一《ふくだこういち》大尉（同乙副官）から報告を受けた。

高野の所属する第十四兵站衛生隊は、第八方面軍の直轄部隊として昭和18年2月よりラバウルに上陸した陸軍の衛生隊である。市街の南西に本部を構え、各地の兵站病院を管轄して戦病兵の治療にあたっていた。五十六が昨日訪れた第百三兵站病院はその中の一つだった。

マラリア、アメーバ赤痢、デング熱。南方はとにかく疫病が多い。ソロモン諸島に展開中の陸海軍将兵の多くを苦しめたものの一つが、この疫病だった。何らかの病気に罹患した者は長期間の入院を余儀なくされ、重症者はときおりやってくる病院船に乗せられて台湾に送還される。昭和18年時点でラバウルには約10万人の兵士がいたが、そのうち悪性マラリアに罹患していた者は全体の80％を数えたといわれ、戦力の低下は目を覆うべきものがあった。ここへさらにガダルカナル島から引き上げてきた戦病兵も加わり、医療衛生の問題は特に深刻なものとなっていた。

高野部隊長ら兵站衛生隊の任務は、日に日に増加する戦病兵の治療、そして起こりうる病気の予防と治療法の確立であった。上陸して早くも2ヶ月が過ぎ、３０００人の患者を擁する各地の病院運営もやっと軌道に乗り始めたところで、高野は五十六がラバウルに滞在していることを知った。

「どうやら連合艦隊司令長官は当地に滞在中のようです。最前線で戦う将兵の慰問に来たのでありましょうか」

「なに、俺の叔父が来ているのか。本当なのかその話は」

「いえ、私も噂で聞いただけで、真偽のほどは確認しておりません」

「そうか、それなら会いに行こう。俺も叔父とは話がしてみたかったんだ」

高野五郎は明治28年、五十六の長兄にあたる高野《たかの》譲《ゆずる》の五男として生まれた。五十六にとっては甥の一人にあたる。北海道開拓のため札幌に渡り、農場経営で収入を得ていた譲は、明治末にその農場を火災で喪《うしな》い、多額の債務に苦しんだ。譲は失意の内に病没し、息子の五郎は貧苦の生活から医学の道を志し、陸軍軍医となった経緯を持つ。

高野はさっそく、第六野戦憲兵隊長の菊《きく》地《ち》寛《ひろし》大佐に話を聞きに行った。菊地は広島出身で、五郎の長女も広島陸軍病院で軍属として働いており、その縁から両者は親しい間柄だった。

「ラバウルに連合艦隊司令長官が来ているという話は本当ですか」

「いや、知らないですよ」

菊地はにこにこと笑って答えた。何かはぐらかされている気がする。高野はなお食い下がった。

「自分は長官の甥なんです。海軍の連合艦隊司令長官山本五十六閣下に、是非お目通りしたい。どうか、本当のことを聞かせてくれませんか」

「ご想像にお任せします。あまり外部に漏らしてはいけない決まりになっておりますので」

聡明な高野はこれで確信した。叔父は実際にラバウルに来ているのだ。

様々な人に聞いた結果、五十六はいま第八艦隊司令部にいることが分かった。4月14日15

時頃、さっそく高野は福田副官を連れて司令部に赴いた。椰子の葉で壁を作った木造の平屋で、傍目《はため》にはとても連合艦隊司令長官がいるとは思えない質素なたたずまいだった。

「ただいま作戦会議中ですので、ここでしばらくお待ちください」

福崎副官に案内されて約30分後、五十六が高野の前に姿を見せた。威厳のある白麻の第二種軍装で、いつもの通り無表情かつ無口な様子であったと高野は後年回想している。

応接室で、五十六と高野は2人きりで話をした。

「まさか、戦地で五郎君に会えるとは思わなかった。どうかね、その後の調子は」

「先月から衛生隊長となり、ラバウルの兵站病院を統括して働いています。患者も多いですが、部下は皆一様にやる気に充ちていますよ」

「そうか、それは結構だ」

つとめて他人行儀な口調だったが、その裏ににじみ出る近親としての喜びを、高野は感じ取った。

五十六の旧姓は高野という。明治17年、長岡藩士の父・高野《たかの》貞吉《さだよし》の末子として生まれた彼は、父が56歳の時に生まれた子ということで、「高野五十六」と名づけられた。既に五十六の長兄、高野譲は妻をめとり、長男の高野《たかの》力《りき》を実家に預けていた。五十六には生まれた時点で10歳年上の甥がいたのである。2人は同じ家で貞吉に育てられていたが、貞吉は高野家の次世代を担う利発な力の方を溺愛し、余った五十六にはそれほど関心を向けなかった。

しかし、五十六が中学生の時、軍医を志していた力は病死してしまう。初孫を喪い悲しみに暮れる貞吉に、「お前が力に代わって立派な武士（軍人）になってくれれば」と言われた五十六は、それ以来早逝した力の後を継ぐことを強く意識するようになった。彼が海軍軍人の道を歩むことになったキッカケは、この出来事に起因するところが大きい。

「僕は海軍の作戦指揮を執るためにラバウルまで来た。連合艦隊司令部が後ろにいては、前線の様子はよく分からないからね」

「どうですか、作戦の成果は」

「さあどうだか。それはこちらが処理すべき事項だ。そのうち大本営からも発表が出る。五郎君が気にすることじゃない」

五十六は公私を厳格に使い分ける人物である。身内に対しても仕事の話はほとんどせず、逆に公務に就いている間は決して素の自分を見せなかった。だが、戦地で身内の五郎と思いがけない出会いをしたことで、五十六は「連合艦隊司令長官」の仮面を被《かぶ》りつつも、家族を気遣う優しい叔父としての顔を覗《のぞ》かせていた。同じ軍医を目指していながら心ならずも早逝し、自らの人生に深い影を落とした力の面影を感じていたのである。

「そういえば、留守宅へは音信をしているのか」

「手紙を出しても届くか届かないか心もとないので、未だ一通も出していません」

五十六は「そうか」とだけ答えたが、このことが気になったのか、このあと多忙な生活の合間を縫って実家への私信を書いている。その中には五郎がラバウルに派遣され、軍医として活躍していることを詳しく綴《つづ》っており、身内に対して甥の消息を伝えたいという五十六の心配りが垣間見える。この手紙は自身が戦死する2日前、郷里の家族に宛てて最後に書き残したものになった。

「予定の作戦が一段落したら、ショートランドやブインを視察して、またトラックに戻るつもりだ。君もますますの奮闘を期待する」

1時間もかからず面会は終わった。応接室から出てきた五十六を見て、待機していた福田副官がサッと敬礼する。

「ご苦労、ご苦労。君たちもまぁよく無事でここまで来たな」

五十六は何か思うところがあったのか、福崎副官を呼びつけ、慰問品の用意をさせた。内地から取り寄せていた灘の名酒「白鷹」6本入りの木箱であった。

「閣下！　何もそこまでして頂かなくても……！」

「いいんだ。これをみんなで一杯飲むように持っていけ」

2人が司令部を去るまで、五十六は玄関でずっと見送り続けていた。最後に思わぬ慰問品をもらった高野は、指揮下の兵站病院に酒を分配し、前途多難な戦況を打開すべく、祝杯を挙げたのだった。

「間もなくブイン基地です。着陸します」

操縦員の武市文雄飛長が機内に合図を送る。機体がゆっくりと高度を下げ、着陸態勢に入っていくのが身体で感じられる。

4月14日、この日も青木はラバウルとブインを往復する定期便に搭乗していた。

輸送機における青木の定位置は、操縦席のすぐ後ろ、機内から見て左に設置されている受信機前の椅子だった。青木は電信員として輸送機の無線通信を担当しているため、飛行中はヘッドフォンを着けたまま、不意に流れるモールス信号を聞き逃さないよう集中していることが多い。

「おい、今日のブインはやけに騒がしくないか？」

機長席に座っていた津脇芳雄上飛曹が頓狂な声をあげる。飛行場の片隅で、基地員が兵舎の清掃のためにあちこち走り回っているらしい。機内の窓からチラッと様子を見ると、なるほど確かに雰囲気が違っているのが分かる。

「ははぁ、さてはお偉いさんでも来るんだな」

津脇機長は腕組みをして勝手に納得している。今日は鬼の渡辺上飛曹ではなく、陽気な津脇上飛曹が機長なので幾分気が楽だ。

昨晩の無電で連合艦隊司令部の巡視計画を伝えられたブイン基地では、五十六のためにお見苦しい点があってはならないとの一心で、早朝から基地の清掃に大わらわであった。三度の飯より頻繁な空襲の合間を縫って、滑走路は砂塵《さじん》を飛ばさぬよう念入りに水まきし、黒ずんだ兵舎はほうきと雑巾でピカピカに磨き上げられる。飛行場の端では機銃の増設も進んでいるようだ。これをやるのはほぼ全て、搭乗員ではなく基地員の仕事であった。

着陸して指揮所へ報告に行き、今日の積み荷を整備員に下ろさせて待機する。連絡任務で基地を傍見できる立場の輸送隊からは、そこで勤務する一般将兵の雰囲気が手に取るようによく分かった。ブインは簡素な飛行場とバラックのような指揮所以外に何もない、殺風景な最前線基地であるが、それだけに基地の様子もヒリついており、「敵の空襲恐るるに足らず」

という気勢を青木はいつも感じていた。

一見、みんな熱意を持って取り組んでいるように見えるが、酷暑の中につい愚痴もこぼれ、「なんで俺たちがこんなことしなきゃいけないんだ」という声がヒソヒソと聞こえてくる。

「こんな小さな基地にまでお偉いさんが見に来るとは、基地の連中はとんだとばっちりだな」

「ラバウルで大掃除があった時は何だろうと思いましたが、今度はブインで長官が指揮を執るんでしょうか」

「さぁな。どうせ向こうも何も聞かされてないんだろう。今からこんな丁寧にやったって、空襲があれば全部パーになるんだから意味ないよ」

あくせく働く基地員を横目に眺めつつ、彼らに聞こえないようにこちらも思い思いのことを喋《しゃべ》る。まるで五十六が来るのがいい迷惑とでもいうかのようだった。もちろん自分たちの激励のために来てくれることはありがたい話だが、それで仕事量まで増やされてはたまらない、というのが彼らの正直な感想であった。

第7章　野豚狩り

見渡す限りの密林。頭上を覆わんばかりに生い茂る草木。踏み入れど踏み入れど道はなく、人間の手が届かない、自然の力が作り出した世界。

ザクッ、ザクッと音を立てないよう気をつけながら、深い森の中に足を踏み入れる。見晴らしの良い地点へ移動したら、息を殺して時を待つ。

「オーイ！　オーイ！」

勢子《せこ》のけたたましい叫び声が森の中にこだまする。静かな木々の静寂が破られ、鳥の驚く羽音が響く。目指す獲物は、まだ現れない。

4月16日、五十六と宇垣はラバウルの松島に赴き、現地で野豚の遊猟を楽しんでいた。

発端となったのは、4月11日のある出来事であった。

「参謀長、ラバウルに来ておられたのですね」

「妹尾大尉か。ずいぶん久しぶりだな」

この日、南東方面艦隊司令部庁舎に会議のため妹尾《せのお》知明《ともあき》大尉が訪れた。妹尾は海兵66期卒で、昭和16年9月5日より戦艦「大和」分隊長となり、開戦後は「大和」を旗艦に据えた連合艦隊司令部との交流があった。

宇垣はどういうわけか、妹尾のことを特によくかわいがっていた。『戦藻録』の４月11日の項には、「愛児同様の妹尾大尉来訪」という記述があり、彼の妹尾に対する親愛の深さをうかがわせるものがある。

その妹尾は、今はラバウルにいた。

「お前も来ているとは思わなかった。ここでは何してるんだ」

「第一防空隊長として松島におります。隊はそのうちブカ基地へ進出予定で、先発隊がもう半数出ています」

「そうか、最前線の防空任務だな」

「ええ。毎日のように米軍の爆撃があるので大変ですよ」

２人が四方山《よもやま》の雑談に花を咲かせる中、妹尾は次のような話を宇垣に聞かせた。

「そういえば、松島には野豚がたくさん放逐されているのをご存知ですか」

「いや、知らん。それは土着のものか」

「西洋人が植民した時に持ち込んだのが野生化したようです。部隊の糧食として重宝してますよ。お暇がありましたら、一緒に猟でもしてみませんか」

「そりゃあいい、是非やろうじゃないか」

宇垣はすこぶる上機嫌であった。

実は、宇垣の隠れた趣味の一つに遊猟がある。トラック泊地では上陸の際に自分の猟銃を従兵に持たせ、ときおりカラス、ツグミ、サギなどの鳥撃ちを楽しむことがあった。第三艦隊が泊地に寄港した際、小沢中将はよく宇垣から猟銃を借りて散歩に出かけていたという。

連日の作戦や視察に加え、慣れない南洋の気候に少し疲れを感じていた五十六も、気晴らしにこの遊猟を希望した。宇垣はさっそく、トラックと連絡のため当日ラバウルに来ていた磯部《いそべ》太郎《たろう》機関中佐（連合艦隊機関甲参謀）を呼びつけた。

「磯部参謀、お前は明日トラックに戻るんだったな。ちょうどいい。『武蔵』に帰ったら庶務主任に『猟銃用の弾薬を送ってほしい』と、伝えておいてくれないか」

松島という地名は、現地の言葉で「マッピット」という。松島はラバウル東飛行場の南にある小さな島で、飛行場へ続く道と一本の橋でつながっていた。妹尾が指揮を執る第一防空隊は松島に高角砲陣地を構築しており、頻繁にラバウルへ来襲する米軍機の迎撃を任務としていた。

16日朝、宇垣と五十六は妹尾を連れて松島に赴いた。妹尾は部下の1個小隊30名を勢子役として動員し、一列横隊を組んで狩り出しを行わせた。

「オーイ！　オオーイ！」

声を張り上げて山を進むが、獣の気配は漂ってこない。４回にわたって狩り出しを行ったものの、収穫はゼロだった。

「結局、何も現れませんでしたなぁ」

「猟は水物。これも仕方ないことですよ」

同行していた大《おお》田《た》實《みのる》少将が宇垣を慰める。彼は第八連合特別陸戦隊司令官としてムンダ・コロンバンガラの守備を担当しており、明日の会議のためにラバウルに滞在中、宇垣から猟に誘われていた。

「いやぁ残念だったな。もし獲れたら今日の夕食にもできただろうに」

五十六は気楽な風を装ったが、落胆の度合いは宇垣にも伝わってきた。

遊猟も終わり、妹尾は再び宇垣のもとを訪れた。

「妹尾、今日は一匹も現れなかったが、本当にこの辺りにいるのか？」

「はい。いつもはちょくちょく見かけるのですが、今日はダメでしたね。ここの現地人はよその集落の狩人を連れて大規模な狩りをするそうで、野豚の頭数も減りつつあるようです」

「狩り出しの方法ももう少し考えないといかんな。ここが毎日のように空襲されていれば、獲物も逃げ出したくなるだろう」

妹尾は苦笑した。豚も逃げ回る戦地で自分たちがここを離れられないのは、ある意味で滑稽に思えた。

「ここに来てからずっと陣地構築が続いてまして、今日は良い気晴らしになるかなと思ったんですが、なかなかうまくいかないものですね」

「そういえば、お前はいつの間にか大和《やまと》を退艦していたが、どこへ配属されてたんだ。そのままここへ来たのか」

「いえ、比叡《ひえい》に乗っていたんです。その後すぐに沈んでしまいましたがね」

「そうだったのか……」

妹尾が「比叡」に着任していたと聞いて、宇垣の心に動揺が走った。第三次ソロモン海戦のさなか、「比叡」を巡って黒島先任参謀と対立した、半年前の苦い記憶が鮮明に蘇《よみがえ》ってきたからである。

昭和17年11月、ガダルカナル島の戦いは正念場を迎えていた。ガ島の制空権を有する米軍は日増しにその兵力を拡充し、一方補給を寸断されていた日本軍は潰滅寸前まで追い込まれつつあった。

この戦況を打開すべく、陸軍は第三十八師団を乗せた輸送船11隻をガ島に投入し、兵員および弾薬火器を揚陸、これを以《もつ》てガ島総攻撃を行う作戦計画を立てた。海軍はこれを全面的に支援し、暗夜を期してガ島沖へ突入、制空権の障害となっている敵のヘンダーソン飛行場に戦艦の主砲弾を叩き込み、一時的に無力化させることになっていた。

米軍に発見されないよう密かにガ島の沖合ギリギリまで接近し、夜明けを迎える前に素早く敵の制空権内から離脱するのは、自殺行為にも等しい至難の業である。五十六はこの戦いに臨むにあたり、トラック泊地から戦艦「大和」を出撃させ、自ら直接指揮を執って46㎝主砲弾を叩き込むことまで検討していたが、燃料節約の観点から軍令部に反対され、出撃は取り止めとなった。代わりに五十六は、阿部《あべ》弘毅《ひろあき》中将が指揮する第十一戦隊の戦艦「比叡」「霧島《きりしま》」に対し、ヘンダーソン飛行場の砲撃を命じたのである。

当時の「比叡」艦長は西田《にしだ》正雄《まさお》大佐で、海兵44期を95名中3番の成績で卒業した、いわゆる「恩賜組」の秀才であった。山本五十六とも旧知の間柄であり、昭和5年の第一次ロンドン海軍軍縮会議において、西田は五十六と共に海軍随員として参加した経験を持っている。五十六は西田に対して厚い信頼を寄せていた。作戦前の会議の後、五十六は西田と語らい、次のような言葉をかけたという。それは、少将への昇進を間近に控えた西田を、戦艦「大和」の艦長に据える約束であった。

「前から考えていたんだがね……。今度の作戦が終わったら、君にはここへ来てもらう。良いだろう?」

だが、「比叡」「霧島」のヘンダーソン飛行場砲撃は失敗に終わった。12日夜の突入直前、ガ島に増援として派遣されていた哨戒中の米艦隊と鉢合わせし、海戦が勃発したからである。この第三次ソロモン海戦によって、「比叡」は敵艦隊の集中砲火を浴び、操舵不能・通信不能の損害を被った。そして夜明けまでに退避が間に合わず敵艦載機の空襲を受け、機関室全滅という報告が西田艦長のもとへ届いた。阿部司令官はこれを受け、ついに「比叡」の救出を断念した。

その日の16時、トラックの戦艦「大和」に対し、一通の電報が入電した。それは、「比叡」の処分許可を求める悲痛な内容のものであった。

進退窮《きわ》まる「比叡」に対し、撃沈処分を命ずるか、しないか。五十六は「大和」の作戦室で緊急会議を開き、ひとまず艦は処分せず、修理の可能性を考えて様子を見るという穏当な命令を出すことにした。

しかし、五十六の顔は険しいままであった。自分が下した決定に、珍しく自信が持てなかったのである。

会議を終え、参謀長室で一服していた宇垣のところへ、五十六が現れた。

「長官……、どうされましたか?」

恐縮している宇垣を前に、五十六は腕組みをしたまましばらく部屋の中を歩き回り、やがて重々しく口を開いた。

「参謀長、どうしたものかな……。俺はさっき、命令にはサインしたが、このまま比叡を放置しておくと、どうも敵機に撮影されるかもしれない。艦橋や上甲板がメチャクチャになった比叡の写真を撮られて、ブロードウェイに飾られて宣伝にでも使われたら面白くない。恥の上塗りをされたんじゃぁ、かなわん……」

「向こうにしてみては、おあつらえ向きの宣伝材料というわけですか。こいつは考え直してみる必要がありますね」

「アメリカは宣伝の国だからな……。阿部司令官の言うように、夜が明けぬうちに処分してしまった方が良いと思うが、どう思う」

「長官の仰る通りだと思います。機密保持の問題もありますし、だいいち阿部司令官が処分の許可を我々に求めてくるのは、八方手を尽くした上でそうするしかない、という決定がなされているのでしょう。長官の立場から戦艦処分の責任をとってやることも必要と考えます」

五十六は議論の末、結論を出した。

「それでは、前の命令を取り消し、処分するよう打電し直しますか」

「そうしてくれ」

これを受け、宇垣は直ちに電文を起草して通信士官に打電を命じた。

しばらくして、黒島先任参謀が血相を変えて部屋に駆け込んできた。

「参謀長、あんな命令を出されては困ります！　先の会議で決定した通りにして頂きたい。つまり、『処分するな』のままにしておいてほしいのです」

「ほう。で、その理由は何かね」

五十六は身を乗り出して黒島の意見を聞いた。

「比叡をこのまま放置しておけば、敵機の攻撃は比叡のみに集中するでしょう。その間、ガ島増援の輸送船団は敵機の空襲から逃れることができます。つまり、敵機の攻撃を、全て比叡一隻に吸収させるのです」

宇垣の心中に、ふつふつと怒りがこみ上げてきた。何という言い草だろうと思った。

「比叡は……、まだ浮いています。しかし、処分するにしても、しないにしても、どちらにせよ比叡の沈没は時間の問題です。この際、戦艦一隻の喪失はあえて黙認し、その沈没するまでの時間を、可能な限り全体の戦局に寄与させるべきです。敵がもし宣伝に使うとすれば、既に写真は撮っているでしょうから、そのような小事にこだわっていても仕方ありません」

「君のいうことは分からんでもないが、それは理屈だよ。阿部司令官や西田艦長の立場も、考えてやらんことには……」

よどみなく意見を述べる黒島を前に、宇垣が待ったの一言をかける。だが、当の五十六は黒島の肩を持ち、あっさりと前言をひるがえした。

「そうだ。先任参謀の言うことに理がある。それでは、前文のままにしておこう」

「長官！　それでは比叡があまりにも……！」

見殺しにするおつもりですか！　と宇垣は反論しようとしたが、それ以上の言葉が出てこなかった。五十六はもうすっかり腹を決めてしまったらしい。こうなるといくらこちらが意見を述べても無駄であった。

五十六は黒島を連れてそのまま部屋を後にした。満足げな態度で去りゆく黒島の背中を、宇垣はきっと睨みつけた。

宇垣と黒島は共に連合艦隊司令部の参謀であるが、この2人の間には根深い対立が横たわっていた。それは、五十六が作戦立案にあたって参謀長の宇垣を冷遇し、次席のポストにあたる先任参謀の黒島を重用していたためである。

海兵40期卒の宇垣は、鼻っ柱が強く独善的で、「鉄仮面」と揶揄《やゆ》されるほどの無表情で険しい風貌から、近寄りがたいオーラを放っていたといわれている。しかし、その仮面の下には人情家としての一面があり、仁義を強く重んじる人柄であった。

一方、海兵44期卒の黒島は合理的で理屈に従った考え方をする人物であり、目的達成のためならば手段を選ばず、非情な決断を下せる冷徹な側面を持っていた。

「比叡」を巡る一件は、この2人の考え方の違いが鋭く浮き彫りになった事例であるが、果たして五十六がどちらを重用したかといえば、間違いなく黒島であった。

周囲から「変人参謀」「ガンジー」とあだ名されるほど奇矯な言動をしていたことで知られる黒島は、その奇矯さゆえに、五十六から重用された。真珠湾攻撃の計画を策定するにあたり、黒島は戦艦「長門《ながと》」の自室に香を焚《た》き、裸で籠もり、寝食を忘れて研究に没頭したといわれているほどである。一つの物事に対して徹底的に思案を巡らせ、そして常人が思いもつかないような奇策を持ち出してくる黒島は、「人の考えの及ばぬところに着眼して深く研究する。それを直言してはばからぬ美点がある」と五十六に高く評価されており、開戦から連合艦隊司令部の作戦立案をほぼ一手に担ってきた。

反面、五十六の目から見た宇垣は、オーソドックスかつ硬直的なものの考え方しかできず、その上プライドの高いエリート高官の典型であった。宇垣を連合艦隊参謀長に据えるという人事も、もともと五十六が軍令部の意向を無視して真珠湾攻撃の計画を練っていたことを受け、昭和14年から軍令部第一部長を務めていた宇垣を彼の「お目付役」として派遣した、というのが実情に近い。

それゆえに、五十六と宇垣は根本的に反りが合わなかった。アメリカと戦争するには正攻法では勝てず、常道より奇道、真珠湾攻撃のような型破りな作戦をぶつけるしかないと考えていた五十六にとって、その考え方ができる黒島を宇垣より優先するのは、自然な成り行きであったといえる。宇垣は作戦に深く関わることもできずほとんど閑職に追いやられ、戦艦「大和」艦長の松田《まつだ》千秋《ちあき》大佐が着任の挨拶に来た際は、「参謀長としての仕事がない」「作戦は長官と先任参謀だけで全て決めているんだ」と、密かに愚痴をこぼしていたといわれている。

だが、黒島の頭脳によって遂行してきた連合艦隊の作戦は、ミッドウェー海戦の敗北によって見直しを迫られることになった。参謀を代えるべきという意見も幕僚から上がったが、それでも五十六は、自身の懐刀《ふところがたな》として育ててきた黒島を容易に手放さなかった。そして「比叡」の一件を巡り、宇垣と黒島の対立は頂点に達したのであった。

結局、連合艦隊司令部からあえて見捨てられる形となった「比叡」は、西田艦長の判断によりキングストン弁を開いて自沈することになった。西田は艦と共に最期を迎えるつもりであったが、艦長の死を惜しんだ従兵たちの手で救出され、茫然《ぼうぜん》自失となり駆逐艦の艦内に押し込められたまま、沈む様子を目撃することも叶《かな》わなかった。

海軍省は、西田の行動を極めて冷酷に評価した。嶋《しま》田《だ》繁《しげ》太《た》郎《ろう》海軍大臣は、「比叡の退艦ぶりが武人らしくなく、艦の最期を見届けていないのは不届き千万であり、艦長たる責任を全うしていない」として、査問会すら開かぬまま、西田を即座に予備役とする懲罰人事を発動させている。五十六はこれに対し、「艦長はそこで死ねというような作戦指揮は士気を喪失させる」「西田を失うのは海軍にとって重大な損失だ」と猛抗議したが、五十六と不仲であった嶋田はこれを一蹴してしまった。

もし五十六が自分の助言に従い、連合艦隊司令部の責任で「処分」の命令を出していれば、西田の懲罰人事に関しても少しは免責の余地が生まれていたかもしれない。宇垣はこの一件が、拭いがたい悔恨となって心の底に沈殿していたのである。

「そうか、あの比叡に配属されていたのか……」

「はい。海に投げ出されずに済んだのが不幸中の幸いでした。自分はまだ着任したばかりでしたが、古参兵には相当堪えたはずです。思い入れがありますからね」

妹尾は詳しく「比叡」沈没時の状況と、その後の顛末を宇垣に語って聞かせた。

彼が「比叡」分隊長を命じられたのは昭和17年11月3日のことで、作戦前の最後の乗組員補充の一環として配属された。その「比叡」が最期を迎えた時、妹尾はまだ乗り組んでから10日しか経っていなかったが、乗艦を放棄するという経験は初めてのことであり、妹尾にとっても忘れられない出来事となった。

駆逐艦に救助されラバウルへ帰投した「比叡」乗組員の内、多くの生存者はそのまま内地へ帰投できたが、妹尾はまだ着任して日が浅かったため帰ることはできなかった。そしてラバウルに残留し、現地の防空隊長に据え置かれていたのである。

「ですが参謀長、連合艦隊はガ島奪還のために航空作戦をやっているとお聞きしました。そのためにここまで来られたのですよね。失った比叡の分まで、是非お願いします」

「そうだな……。戦果は着々と挙がっている。じきに発表があるはずだ」

宇垣が妹尾に対して言えることは、それくらいしかなかった。

この日、早朝にラバウルを発進してニューギニア方面に向かった偵察機は、めぼしい目標を発見することなく帰投した。五十六はこれを以てい号作戦の終了を宣言し、明日17日の午前に反省会（研究会）を開くことにした。

　半年前の第三次ソロモン海戦では、戦艦「比叡」「霧島」など多くの艦船を失い、本来の目的である輸送船団護衛も果たせず敗北に終わった。虎の子の戦艦2隻を失ったことは、五十六の心にも深い影響を与えている。

　海戦から1ヶ月後の昭和17年12月、休憩室で五十六と藤井参謀がいつものように将棋を指していると、従兵が新聞電報を配達してきた。それを見た藤井は、昭和天皇が伊勢神宮を御親拝したという内容の記事について言及した。

「今頃、時ならぬ伊勢神宮御親拝とはどうしたのでしょう。戦艦2隻まで喪失する戦局を御軫念《しんねん》になられたのでしょうか」

　その瞬間、五十六の眼がカッときらめいた。藤井は眼前の五十六からほとばしる並々ならぬ気迫に圧倒され、同時に「しまった」という後悔の念に駆られた。

　3日後、五十六は郷里の知人に宛てて手紙を出した。その中には、「昭和天皇に伊勢神宮を御親拝させるほど心配をかけさせているのに、まだ自分の頭髪は白髪に染まり切っていない。これを深く恥じなければいけない」という内容の一文が入っていたという。

第三次ソロモン海戦の敗北、そしてガダルカナル島からの撤退によって、五十六の黒島に対する信頼はいよいよ薄らいでいった。

開戦序盤から米軍に大打撃を与えていた時期はもう過ぎ去り、日本は守勢に回ることを余儀なくされた。奇策を弄《ろう》しても米軍に決定打を与えることはできず、これからは長期戦を勝ち抜くためのさらなる上策が必要となる。

その計画を考えてくれる人物として、五十六は宇垣を頼りにするようになった。そして宇垣を中心として作戦指導にあたった最初の戦いが「い号作戦」だったのである。

五十六と宇垣の仲は徐々に打ち解けていき、対照的に黒島の立場は日を追って悪くなっていった。い号作戦中の４月上旬、五十六は小沢中将に対して黒島の更迭と新しい先任参謀の推薦を相談している。

「これからは戦のやり方を変えてみたいんだ」

唐突な申し出であった。話を聞いた小沢は驚いて続きを促した。

「今までのように口先だけで、士気だとか、挺身だとか、陣頭指揮だとか言っても、近代的な戦争をやることはできない。人心を一新させないといけない。さしあたり黒島を代えるのが良いんじゃないかと思ってる」

「黒島を、ですか。長官がそんなことを言うとは思いませんでした。何しろずいぶんかわいがっていたようですから……」

黒島は確かに天才的ともいえる作戦立案能力を持っている。しかし、一つの計画に全身全霊をかけてのめり込むあまり、ある種の自己陶酔に陥り、客観的な目を失い、想定外の事態に対処できないほど緻密に作戦を練り上げてしまうという欠点もあった。

また、黒島にとって致命的なのは、幕僚とのコミュニケーションがあまりにも不足しているということだった。黒島は他の幕僚のように五十六とテーブルを囲んで食事をしたり議論したりすることもなく、常に自室に香を焚き、部屋に閉じこもり、じっと瞑想《めいそう》にふけって過ごすという仙人のような日々を送っていた。自分は五十六に重用されているという自負が、たった一人で作戦研究に没頭できるだけの時間を生み、またそれが彼を孤独にしていたのである。

五十六は、それらを勘案した上で、黒島を更迭させることを決めていた。

「君は大学校教官を二度経験していただろう。ここは一つ、今の戦局に対処できる適任者を推挙してもらえないか」

この質問に対して、小沢は既に答えを用意していた。

「では、宮嵜《みやざき》俊《とし》男《お》大佐はどうでしょう」

「宮嵜……というのは、とかくの噂のある男ではないか」

「それは百も承知です。しかし、今の戦局に対処するには、常道ではダメです。よろしく奇道をもってすべし、です。私は宮嵜なら、何か名案を考え出す男と睨んでいます」

宮嵜俊男は海兵48期卒の人物で、当時は第五艦隊先任参謀を務めていた。海軍兵学校ではいわゆるハミ出し型の秀才といわれ、その後進んだ海軍大学校では、教官の指導に「感ずるところあり」として堂々とサボタージュを決行するなど、若い頃からその奇行が海軍内で広く知られていた。

小沢は昭和6年12月から海軍大学校の教官を2年にわたって務めていたが、その頃の生徒に宮嵜がいた。宮嵜は図上演習で赤軍（アメリカ艦隊指揮官役）を務め、独自の戦術で青軍（日本艦隊）を撃破するので教官たちの不評を買っていたが、小沢だけは彼の才能に光るものを見出していた。五十六はその人の経歴ではなく才能を高く評価し、一癖も二癖もある「他とは違う」人物を好む傾向がある。小沢はそれを踏まえて、宮嵜を推薦したのであった。

「それでは、そういうことにしよう」

五十六はここで話を切り上げた。五十六はこれを以て正式に先任参謀を交代させる腹づもりのようであったが、その直後に海軍甲事件が発生したため、この人事は幻となってしまった。

第8章　出発前夜

昭和18年4月17日、この日の五十六のスケジュールは、午前に「い号作戦研究会」、午後に「南東方面作戦指導方針及防備要領打合会」であった。主宰は共に宇垣で、五十六は会議の席上で訓示を行い、「戦局の前途は楽観を許さず、海上の勝敗は一にかかって航空戦の成否にある」という主旨のことを述べたという。

「明日の巡視に際し、随行員の最終確認を致します。参加希望者はおられますか」

会議の休憩中、福崎副官が集まった幕僚に質問する。この時点でもまだ参加者はハッキリと確定しておらず、陸攻の席割りも決めることができない状態だった。

「作戦が終了しましたので、私も行ってよろしいですか」

樋端甲参謀が真っ先に参加を表明した。続いて友野気象長も同じく作戦終了で手空きになったため参加することになった。

「軍医長と主計長は来たばかりですが、せっかくだから見ていかれますか」

「そうですな。私たちも行きます」

「これで11名か。さすがに多いんじゃないのか」

「陸攻に乗れるかどうか分かりませんね……」

福崎の声は震えていた。誰の目から見ても、彼の身体はだいぶ参っているように見えた。

「おい、大丈夫か。一旦休んだ方がいい」

「平気です長官。少し疲れただけですから」

後の診断で知ることになったが、福崎はこの時、宇垣と同様にデング熱に罹《かか》っていた。その状態でなおも職務を継続していたものの、病状は悪化の一途を辿り、出発前日の今日はときおり意識が朦朧《もうろう》とするほど激しく衰弱していたという。五十六は福崎の様子を見て、「他にも参謀が行く。体調が悪いなら無理に同行しない方がよい」とまで言ったが、職務に忠実な福崎は頑として拒否し、視察に同行することを選択したのであった。

午前の会議に参加するためラバウルに来ていた城島《じょうじま》高次《たかつぐ》少将（第十一航空戦隊司令官）は、それが終わるや否や、昼食のため庁舎に戻ろうとする五十六ら幕僚に声をかけた。

「長官、明日の前線視察についてですが、今すぐ中止してください！」

一同は目が点になった。城島は、五十六の視察予定に含まれていたショートランド水上基地の司令官であった。

「ショートランドは現在、日米両軍の最前線となっている場所です。そんなところへ長官が行くのは危険すぎます！　それに、あの電報は一体なんですか！　あんなに長官の予定を事細かに書いて、もし米軍が解読でもしていたら……」

「暗号を解読される恐れはないから、絶対に心配ありませんよ」

幕僚の誰かが呟いた。

城島が懸念したのは、巡視計画を各基地に伝える電報（GF機密第一三一七五五番電）のことである。電報には五十六の行動予定が分単位で記載されており、もしそれを断片的にでも米軍が解読すれば、長官の視察に合わせて何らかの行動を起こしてもおかしくはなかった。

城島は受信された電報用紙を一目見て、「こんな前線に、長官の行動を、長文でこんなに詳しく打つ奴があるもんか。君たちに参考のために言っとくが、こんな馬鹿なことは絶対にしちゃいかんぞ」と参謀たちに言って聞かせたという。

それだけに、城島の直談判は必死なものであった。

「ともかく、あんな電報を送ってしまった今、明日の行動は米軍に筒抜けになっている可能性があります。即刻、計画を中止してください」

「せっかくのご忠告はありがたいが、一度行くといって行かなければ、前線の将兵を失望させることになる」

五十六は頑として取り合わなかった。たとえ危険と分かっていても、中止するにはもうタイミングが遅すぎた。「そんなに警戒しなくても平気だろう」という楽観もあったと思われる。その認識は司令部も皆等しく共有するところであった。

17日15時頃、二〇四空司令の杉本丑衛《すぎもとうしえ》少佐は南東方面艦隊司令部庁舎に呼ばれ、明日の巡視計画に必要な直掩隊6機を派遣するよう命じられた。草鹿司令長官は五十六と午後の会議に参加していて留守であり、庁舎で命令を伝えたのは野村参謀だった。

「いくらなんでも、少なすぎます」

杉本司令から巡視計画の詳細を伝えられた宮野飛行隊長は、司令部の決定に苛立ちを隠せなかった。以前から小沢中将が懸念していた直掩機の数について、命令を受け取った宮野もまた、その少なさに危惧を抱いたのだ。

「司令、最前線を視察する連合艦隊司令長官をこの数で護衛するのは無茶です。万一の時に長官を護《まも》り切れるかどうか……。我が隊にはまだ20機の零戦があります。ここは二〇四空の稼働機全力をもって長官を護衛するのが道理ではないですか」

「わしもそう思って司令部に直掩機を増やすようかけ合ってみたが、無駄だった。これはどうも長官のご意向でもあるらしい。長官は、『大切な飛行機を何機も自分の護衛に割くのは心苦しい』と言っておられたそうだ」

「この計画は重要な任務のはずです。それなのに、現に敵機の侵入を多数受けている空域に寡数を以て出かけていくのは、杜撰《ずさん》な計画としか言いようがない。道中で危険が予想されるからこそ、本来は直掩機の数を2倍、3倍に増やさなければ……」

「……宮野。長官がそう言っておられるのだ。従うしかないだろう」

飛行長の玉井《たまい》浅一《あさいち》中佐が、なおも不服そうな宮野をたしなめた。

「いくら長官が最前線に出られるといっても日帰りだ。そう畏《かしこ》まって大名行列のように何機も連れて行かなくても良い、そう判断されたのだろう」

「ではせめて、私を直掩に行かせてください。必ず長官を護り抜いてみせます」

「飛行隊長がわざわざ行く必要はない。指揮官は森崎にやらせる。お前は休んでいい」

玉井からこうもハッキリと告げられては、宮野も引き下がるしかなかった。杉本司令も玉井飛行長も、結局は五十六の意向を忖度《そんたく》し、この任務を儀礼飛行的なものと解釈して、十分な数の直掩機を就けなかったのである。

直掩隊の指揮官に選ばれたのは、森崎《もりさき》武《たけし》予備中尉だった。当時の二〇四空は保有零戦60機の内わずかに20機が稼働可能に過ぎず、搭乗員は負傷、病気、疲労のため飛行可能と判断されている者は35名であった。さらには戦闘での消耗により尉官クラスの指揮官がそもそも宮野と森崎しかおらず、かつ森崎は先月からアメーバ赤痢に罹っており、数日前にようやく完治したばかりだった。

一見、森崎は連合艦隊司令長官の直掩という重責を担う指揮官としては不適当な推薦に思えるが、これには理由があった。今まで病床から部下の出撃を見送るばかりで、い号作戦に参加することができなかった森崎に、最後の最後で花を持たせてやろうとしたのである。宮野もこの点について異存はなかった。また森崎としても、最前線に出ずっぱりな宮野の負担を少しでも軽くするため、陸攻の護衛くらいなら自分が代わりたい、あるいは長官の護衛という栄誉にあずかりたいという思いもあっただろう。

いずれにせよ、これで森崎が直掩隊の指揮官となった。その後、他の5名についても飛行記録をもとに選抜が行われ、辻野上《つじのうえ》豊光《とよみつ》一飛曹、杉田《すぎた》庄一《しょういち》飛長、日高《ひだか》義巳《よしみ》上飛曹、岡崎《おかざき》靖《やすし》二飛曹、柳谷謙治《やなぎやけんじ》飛長が参加することが決定された。

「総員、かかれっ！」

第一根拠地隊主計科烹炊《ほうすい》員長の亀田勝敏《かめだかつとし》兵曹長が、麾下《きか》の烹炊班に指示を飛ばす。今回のターゲットは大きなニシキエビ。珊瑚礁にダイナマイトを投げ込んで爆破した後、浮き上がってくる魚の中からめぼしい食材をカヌーに投げ入れ、司令部の隣にある烹炊所に運んで次々と貯蔵していく。いつもは自分たちの目を盗んで食材をちょろまかす「ギンバイ」が湧くが、今回は貯蔵庫の見張りも増やしておいたので抜かりはない。

ブイン基地にほど近い山麓、海岸から約１㎞離れた椰子林の中に第一根拠地隊司令部があった。ここの「めしたき」要員として働く亀田は、南方の食材を使って創意工夫の現地料理を作り、守備隊将兵の台所事情を支えている。

ところが、五十六がブインを視察すると聞いて風向きが変わった。五十六はブイン基地を視察後、この根拠地隊司令部庁舎で会食するという。普段はタロイモ混じりの質素な一汁一菜、マンゴーやバナナの煮付けなどで司令部も我慢しているが、連合艦隊司令長官にそんな粗末な食事をお出しするわけにはいかない。板垣盛《いたがきさかん》少将（第一根拠地隊司令官）直々の命令で、主計科員は五十六のために豪華料理を作ることを言い渡された。

日本海軍において、豪華料理といえばフレンチである。幸い、亀田の抱える烹炊班にはホテルのコックをしていたという腕利きの料理人がいた。さらに海岸の珊瑚礁にはイセエビの一種が大量に生息している。エビのムニエルくらいなら作れるだろう、と亀田は思った。コース料理は無理にせよ、腕によりをかけて一品を振る舞えば長官もきっと満足してくれるはずである。せっかく長官が来るならとびきりの料理でもてなしたい。職人気質な亀田は明日のメニューをあれこれと考えていた。

西日も傾きかけてきた頃、宿舎でくつろいでいた青木の元に当番兵が駆け込んできた。輸送隊の搭乗員は司令室に来るようにとの命令である。

「司令室に行けとは、何か重大任務があるのでしょうか」

「ともかく、行ってみないことには分からんよ」

名前が呼ばれたのは渡辺、武市、青木、長谷川の4人である。訝《いぶか》りながらも司令室へ赴いた一同に対し、神妙な顔つきをした杉本司令が口を開いた。

「明日18日、海軍の長官および幕僚一行が、前線視察と士気鼓舞のため、ブインへ向けて出発される。この視察において、長官はソロモンの最前線で戦う我々将兵に思いを馳《は》せ、その労をねぎらうべく慰問品として甘味をご用意された。長官のご来訪に合わせ、ブインの将兵には慰問品が振る舞われる予定である。お前たちは明日の朝、この品物をラバウルからブインまで安全に輸送せよ。出発時刻は明朝〇六三〇。以上」

海軍の長官とは、他ならぬ山本五十六司令長官のことだ。青木はそう判断した。

わざわざ司令が直接自分たちに命令を伝えるとは、何か機密性の高い物を運ぶのではないかと思ったが、話を聞くとどうやら箱詰めにされた慰問品を運ぶだけらしい。日頃から航空機の機材や人員を運ぶだけの任務をしていたメンバーにとっては、甘味を運ぶというだけでもずいぶん新鮮なものに感じられた。

「慰問品といっても、中身は何だろう?」

「紅白まんじゅうか羊羹《ようかん》、もしくは落雁《らくがん》だろう」

「うらやましいなぁ。俺たちにもくれればいいのに」

中身が甘味と知って気が抜けたのか、メンバーは帰路で思い思いに感想を呟いた。青木もそれは同じだった。

「しかし、海軍の長官といえば山本司令長官ですよね。そんな御方がわざわざブインまで出向いて、大丈夫なんでしょうか？」

不思議に思った青木が渡辺に質問してみると、

「我々が心配することじゃない。万が一長官が敵機に襲われても直掩機が守ってくれる。我々はいつも通り、自分に与えられた任務に集中すればいいんだ」

という返事がかえってきた。


この日、第八根拠地隊司令部で行われた午後の会議は予想以上に長引き、18時を過ぎても終わらなかった。そのため五十六は会議を途中で切り上げ、黒島先任参謀および渡辺戦務参謀に翌日の会議引き継ぎを命じた。これにより両名が巡視の参加者から除かれ、最終的に参加者は9名と決定された。

明日の会議に向けて書類整理をしていた渡辺戦務参謀は、夜中に意外な人物から訪問を受けた。第三艦隊の先任参謀、高田《たかだ》利種《としたね》大佐である。

「こんな時間に、どうしたのですか」

「明日の巡視に関して、伝えておきたいことがありまして」

高田は渡辺の目を見据え、説き伏せるように語った。

「小沢さんは、明日の巡視は危険であるから中止した方がよいとしきりに仰っておられます。私も小沢さんに、『長官は私が言っても聞かん御方だから、誰か身内の参謀に中止を提案させた方がよい』と言われまして、渡辺参謀から、是非中止を進言して頂きたく……」

「なんだ、そんなことですか」

　渡辺は全く意に介していないようだった。

「ブイン方面が敵の空襲に遭うことは極めて稀《まれ》ですから大丈夫です」

「長官が前線に出られるのです。中止が無理なら、せめて護衛をもっと充実させるべきです。直掩の戦闘機は何十機でも出しますよ」

「第三艦隊は明日トラックに戻られるのですから、今さら直掩を出すといわれても準備が間に合わないでしょう。少し心配しすぎではないですか」

　高田はしつこく諭したが、結局意見は聞き入れられなかった。

　以前に小沢から直々に「護衛の戦闘機を増やす」ように言われていた黒島先任参謀も、とうとう宇垣や五十六に伝えることができずに終わった。彼もまた南方の疾病に罹ったのか、この時は体調不良でしきりに腹を下していたという。

同じ頃、五十六は庁舎での夕食に、第八方面軍司令部の面々を招待した。今村中将・加藤《かとう》鑰平《やくへい》中将（第八方面軍参謀長）、そして宇垣と五十六の４名で、和やかな食事会が開かれた。

五十六と今村は古くからの知己で、最初の出会いは大正13年のことである。陸軍と海軍という全く異なる境遇の２人を結びつけたのは、友人の家で遊んだオークション・ブリッジだった。賭け事が好きだった２人はトランプ遊戯に熱中し、毎週末に仲間を集めてブリッジやポーカーを開き、白熱した勝負を繰り広げていたという。

お互いの気心はもう知れていた。五十六と今村は食後、応接室で水入らずの雑談を交わした。

「君は、ラバウルにやってきた陸軍の飛行部隊に、夜間飛行の練習を命じたそうだが、どのくらいやれるようになったかな」

「ほんの緒《しょ》に就いただけで、まだ思い切った行動はやり得るまでに至っておりません。もう一、二ヶ月はかかりましょう。しかし単機だけでは相当やれるようになっています。日露戦争以来、寡を以て衆を破るには、夜戦が最適だと奨励され、地上部隊はさかんに夜間行動を繰り返しましたのに、どうしたわけか航空部隊はほとんどこれをやっておらず、今時、毎晩敵機の攻撃を受けながら、どうにも対抗し得ないことは、大きな過失を犯したものです。が、若い連中は、敵機の刺激もあり、真剣に練習しており、ものになるだろうと思っております」

「海軍も同じことだ。ここに来て、君がやらせていると聞いたので、海軍も同じようにやれと命令した。米軍の飛行機は、手軽に夜間の離発着ができるような機械装置になっているらしい。この点でも一段劣っているわけだ。が、ただ悔やんでいても仕方がない。訓練で対抗できるようにしなけりゃならん。時に、僕は明日ブインに飛び、あそこの第一線航空部隊を慰労かたがた激励してくるつもりだ」

　五十六の話を聞いて、今村ははたと思うところがあった。2ヶ月前、かつて自分がブインへ飛んだ時の出来事を思い出したからである。

　昭和18年2月10日午前、今村は海軍の陸攻に便乗してラバウルからブインへと向かっていた。駆逐艦の輸送でブインに到着したガ島帰りの将兵、そしてエレベンタに身を寄せている第十七軍の百武司令官を訪ねるためである。

だが、着陸まで残り10分に迫った頃だった。かすかに視界の端に見えるブイン基地は米軍機の空襲を受けていた。このとき基地に接近中だった陸攻は不運にも敵に発見され、30機ばかりの戦闘機から攻撃を受けたのである。

豆粒ほどに見える敵機の編隊から火光と薄煙が見えた。敵は自分たちに向けて発砲してきている。今村は死を覚悟した。

「退避します！」

今村の前方に座っていた操縦士が叫ぶ。「速度差の大きい戦闘機と陸上攻撃機だ。退避したってすぐに追いつかれてしまう」と今村は思った。だが、敵機を前にして狼狽《うろた》える今村とは対照的に、操縦桿を握っている下士官の青年は至って冷静沈着だった。

陸攻は機体を大きく左上方に急旋回させ、晴れ渡る空にぽっかりと浮かぶ白雲の中に逃げ込んだ。時間にしておよそ10分、「ちょっと出てみます」と言って密雲を抜けると、もう敵機は空襲を終えて撤退中であり、ブインから迎撃のために飛び立った零戦が後を追いかけていた。その間隙を縫って、今村を乗せた陸攻は辛くもブインの飛行場に滑り込んだのである。

着陸して機体を降りた後、今村は出迎えられた陸海軍の将校から、「危ないところでしたね。陸攻が見えなくなったので、撃墜されたのかと思いましたよ」と口々に声をかけられ、その無事を喜んでもらえたという。

今村は、五十六であれば話をしてもよいだろうと考え、思い切ってその話を打ち明けることにした。

「ブインにいるのはそれこそ最前線の部隊。いつも良い戦果を挙げています。長官を迎えて、きっと喜ぶでしょう」

「しかし、今ブインに出かけるのは危険かもしれません。実は2ヶ月ちょっと前、海軍の中攻に乗ってブインに飛んだ時、飛行場のすぐ手前で、敵の30ほどの戦闘機編隊に出くわしたのです。『もうこれまでだ』と思っていましたが、上等飛行兵曹の沈着機敏の操縦で付近の雲の中に飛び込み、死線を越えました……」

五十六は、今村が九死に一生を得たこの話にあまり興味を示すことはなかった。むしろ五十六は、彼をよく助けた搭乗員の技量の方に注目していた。

「私の絶望的な諦めに比べ、中攻の下士官3名の落ち着き加減は、今でも目に見えるような立派さ。感心し切ったものです」

「そうか。そりゃよかった。段々そういう優秀な操縦者が少なくなってる。君の話の上等飛行兵曹は、よほどしっかり者だったのだろう」

この名もなき搭乗員の氏名は今も明らかではない。ブインへの出発を明日に控えた五十六にとって、2ヶ月前にそれとほぼ同じコースを飛んで危うく撃墜されかけたという今村の話は、自身の巡視計画に不吉な兆候を匂わせるものであった。だが、五十六は自分の心配ではなく、次第に戦力を減らしてゆく航空隊の動向にもっぱらの関心を向けていた。そして、既に関係各位に詳細な予定を通達し、決行を明日の朝に控えた今となっては、もはや計画を中止することなど誰にもできなくなっていたのである。

　五十六と宇垣が庁舎を出る頃には、時刻は夜の20時を回っていた。灯火管制もなく市街地はぽつぽつと明かりが灯《とも》っているが、山上の第八艦隊宿舎までは真っ暗なけもの道を走る。作戦中に日本側を悩ませた不連続線もようやく過ぎ去り、今夜は特に満天の星明かりを地上から眺めることができた。

　明日はいよいよ長官の前線視察、それが終われば翌日にトラック帰着である。ラバウルの滞在も残りわずかとなり、感慨深い思いに浸る中、宇垣は「言い忘れていたことがありました」と五十六に告げた。

「長官、明日の服装についてですが、白の開襟シャツではなく規定のカーキ襦袢《じゅばん》を着用してください」

「別に問題ないと思うが、気になることでもあるのか」

「確かに司令部の大部分はそれで閲兵しても構わないという雰囲気になっています。しかし、仮にも連合艦隊司令部が規定の第三種軍装以外を勝手に着用して前線将兵にまみえるのは、向こうとしても良い心持ちはしないでしょう」

潔癖症だな、と五十六が隣で笑ったような気がしたが、車のエンジン音と暗闇にかき消されてそれ以上は分からなかった。

宿舎に帰着後、宇垣はさっそく福崎副官に電話で、「明日は全員官給品の襦袢を着用するよう連絡してほしい」と伝えている。また、「長官が第三種軍装を着用するようなことは今後起こるかどうか分からないから、翌朝できれば記念写真を撮影しておいた方がよい」とも提言したが、ついにそれが叶うことはなかった。

第9章　機上の人

昭和18年4月18日。時刻は朝の4時を回っていた。

地平線にうっすらと陽の光が見え始めた頃、ラバウル海軍病院のベッドで寝ていた三《み》和《わ》義《よし》勇《たけ》大佐（南東方面艦隊先任参謀）は、「面会です」という看護婦の一声で目を覚ました。

「こんな時間に……？」と三和は不審がったが、「連合艦隊司令部の福崎中佐が来られました」と聞いて、追い返すわけにもいかなくなった。普通なら誰も面会に来ない時間にわざわざ出向いてくるとは、何か緊急事態でもあったのかと、重たい頭を冷やしながら考える。

三和は昭和16年11月以来、連合艦隊作戦参謀として五十六のそばで勤務していた。真珠湾攻撃からミッドウェー海戦、ガダルカナル島の戦いまで司令部のブレインとして働いたが、昭和17年12月1日付で南東方面艦隊先任参謀に転属となり、司令部と別れを告げてラバウルに着任した。

ところが、三和は五十六のラバウル進出直前、悪性マラリアに罹患してしまった。初めは庁舎で安静にしていたもののやがて職務継続が困難となり、4月15日には海軍病院に入院、佐官用の個室で療養していた。宇垣の退院と入れ違いで、三和は誰もいない病室で一人、高熱と頭痛にうなされる日々を送っていたのである。

その三和のもとへ、明け方に福崎が訪ねてきた。自分もデング熱で入院一歩手前だということは、当然隠してあった。

「何かあったのですか」

「いいえ、特に事件があったわけではありません。しかし、どうしても出発前に済ませておけと指示があったもので……。長官から簡単な伝言を預かってきました。『当分の間見舞ってやれぬが、決して無理をせぬよう。焦ってはいかぬ、十分静養せよ』とのことです」

三和と五十六の付き合いは大正14年からと少し古い。アメリカ帰りで航空機の可能性を見出した五十六が霞ヶ浦空副長に着任した時、副長付として五十六に操縦技術のイロハを教えたのが三和であった。その後も三和は駐米大使館附武官補佐官、連合艦隊作戦参謀としても長らく五十六を支え続け、五十六もまた彼に対して特別に目をかけていた。

五十六はラバウル滞在中、庁舎のベッドに身を横たえた三和によく声をかけて励ましていたが、その甲斐《かい》もなく三和の病状は悪化していった。恐らく17日の夕方以降、三和の入院を知った五十六は是が非でも彼の見舞いに行こうとしたが、翌日に巡視を控えている状態ではさすがに無理があったのだろう。そこで五十六はせめて自分の気持ちだけでも伝えてやってほしいと、副官の福崎に伝言を託したのである。

三和は五十六の優しい気遣いに感謝したが、同時に心の隅に引っかかるものを感じた。五十六の巡視は日帰りで、トラック諸島に戻るまではまだ1日の猶予がある。五十六が自分を見舞うのなら巡視から戻った帰りでもよいはずである。ではなぜ五十六は、「当分の間見舞ってやれぬが」という表現を使ったのだろうか。その一節が、三和にはどこか不自然に聞こえたのだ。

あるいは何かこの後にも予定が詰まっているのかもしれない。そう思い直した三和は、福崎に懇《ねんご》ろに謝意を述べつつ退室してもらった。しかし、わざわざ明け方に自分を起こしてまでそれだけのことを伝えにきた五十六の前途に、三和は不吉なものを感じてならなかった。

今日のラバウルの空はよく晴れていた。小鳥のさえずる声を聞きながら、五十六はゆっくりと目を覚ました。5時30分、一行は軽めの食事をとり、簡単な身支度を調えた。五十六の第三種軍装を宇垣は初めて目の当たりにし、その新鮮な姿が強く印象に残った。

西飛行場から朝早く派遣されてきた3機の一式陸攻が、東飛行場の滑走路へ既に降り立っていた。内1機は今日トラックに帰投する第三艦隊司令部を空輸するためのもの、残り2機が今日の巡視のために用意された七〇五空の陸攻である。5時40分には、五十六の護衛を務める森崎中尉以下6機の零戦が東飛行場を順次飛び立ち、ゆるやかな編隊を組んで旋回飛行を続けていた。今日の出発はもちろん極秘だが、飛行場には南東方面艦隊司令部や第八艦隊司令部の幕僚の多くが来ており、ささやかだが豪勢な見送りであった。


5時50分、連合艦隊司令部は出発のため宿舎を後にし、車に乗って東飛行場へ向かう。巡視に同行する高田軍医長と北村主計長が、既に飛行場の指揮所で待っていた。

指揮所から2人が降りてきた時、一行は顔を見合わせて、おやっと首を傾《かし》げた。当日は全員第三種軍装を着用するようにとあれほど命じていたにもかかわらず、高田と北村だけが第二種軍装のままだったからである。

「しまった」と宇垣は心の中で舌打ちした。どうやら2人は後からラバウルに到着して南東方面艦隊司令部庁舎に寄宿していたため、指示が的確に伝わらなかったか、第三種軍装が用意できなかったらしい。もえぎ色の将校の中に白色が一部混じるちぐはぐな絵面になってしまうが、今となってはどうすることもできない。五十六も怪訝《けげん》な顔をしていたものの、仕方がないのでこのまま出発することにした。

先導役を務める野村参謀は一足先に１番機に乗り込んでいた。だが出発５分前に入り、足早に駆け込んできた室井に声をかけられた。

「野村、ちょっといいか」

「室井さん、あなたは２番機に乗るはずですよ」

「実は、昨日からＧＦ（連合艦隊）の随行員が急に増えてしまって、どうも２機だけでは乗れそうにない。君の席には樋端参謀が座ることになった。申し訳ないが君は降りてくれないか」

野村は面食らったが、離陸まで数刻もない状況で考えている余裕はなかった。

「分かりました」

「西飛行場に輸送機がある。それに乗っていくといい」

「いえ、自分は長官の案内を務めるために同行を希望していただけなので、結構です」

「そうか。まぁすぐ帰ってくるよ」

野村は慌ただしく１番機を後にした。室井と野村はこれが今生の別れとなった。

青木を含む二〇四空輸送機隊のメンバーも、朝４時には起床して離陸の準備を整えた。西飛行場にはときおり砂埃《すなぼこり》が舞う程度で、当然、見送りも何もない。既に先発の陸攻２機は東飛行場へ向かっている。

誘導路のそばにこれから輸送する積み荷がどっさりと置かれていた。長官が現地の将兵に配る大量の甘味、破損するわけにはいかない。基地員によって機内への積み込みはいつもより丁寧に、慎重を期して行われた。輸送機の後ろに設けられた貨物スペースに木組みの箱が山と詰められていく。結局これも自分たちが食べることはないのだろうと、青木は心の奥で溜息をついた。

今回の空輸に使う九六式陸上輸送機は「Ｔ２－９０２」号機で、離陸後は１番機・２番機には続行せず、単独でブインを目指すことになっている。そもそも「３番機」の空輸任務は、今回の巡視計画の中には含まれていなかった。搭載している物が長官の積み荷とはいえ、いつもの連絡飛行と何ら変わるところがない。自分たちが視察の栄誉にあずかることはないと知っている青木たちにとって、この任務も決して特別なものではなく、あくまで「いつもの仕事」の範疇《はんちゅう》に過ぎなかった。

出発直前、五十六は見送りに来ていた草鹿を呼び、2葉の短冊を渡した。

「これは鮫島から頼まれたんだが、彼が帰ってきたら渡してくれ」

草鹿は恭《うやうや》しくこれを受け取った。鮫島はこの時、第八艦隊の所用のため前日から出張中でラバウルにはいなかった。それぞれの短冊には明治天皇御製の歌で、

弓矢とるくにに生れし益《ます》良《ら》雄《お》の名をあらはさむときはこのとき

という一首がしたためられていた。

宇垣はこの間に2番機に搭乗、機内の人と挨拶を交わした。指揮官席に腰かけた宇垣は長剣を外し、遅れて後ろの席に座った室井に手渡した。室井がそれを後方へ立てかけた直後、搭乗を終えた1番機と2番機は軽快にエンジンをふかし始めた。6時5分、いよいよ離陸の時である。基地に集まった人々に見送られながら、両機はラバウル東飛行場を発進し、上空で待機していた直掩機と合流してバラレ基地に向かった。

その頃、3番機はようやく積み荷の搭載作業を終えたところだった。青木が機内に乗り込んでしばらく時間が過ぎ、離陸のタイミングを待っていると、2名の海軍将校が自動車を降りて駆け込んできた。機長の渡辺が慌てて対応する。

「長官の贈り物を運ぶ輸送機というのはこれか」

「はい、そうです」

「ちょうどよかった。我々はこれから長官の視察に同行する予定なんだが、長官機に乗り損なってしまってね。この輸送機に便乗させてくれないか」

「この便はブイン行きですが、構いませんか」

「うむ。とりあえずそこまで連れていってくれ」

「分かりました。もうすぐ離陸です。手狭ですが空いている席に座ってください」

この時3番機に乗り込んだ将校の2人は、上阪香苗《こうさかかなえ》少将（第二十六航空戦隊司令官）と山澄《やまずみ》貞次郎《ていじろう》大佐（第八艦隊参謀長）であった。

上阪はい号作戦のため一時的にブインからラバウルへ出張しており、前日の会議を終えてこれからブインに帰着、長官の視察を受けることになっていた。山澄は3月末にラバウルへ着任したばかりで南方勤務の経験が浅く、今回の長官の巡視に合わせて最前線の様子を見分し、今後の参考に資する予定であった。前日に福崎副官が巡視の同行者を確認していた際、それならばとついでに参加を表明していたのがこの2人であり、最初は1番機と2番機のどちらかに乗ることになっていた。ところが、連合艦隊司令部だけで両機がちょうど満員になったため、やむを得ずあまった3番機に席が割り当てられていたのである。

賓客《ひんかく》が輸送機の中に乗ったのを確認し、最後に渡辺機長も乗り込んだ。

「発進準備よし！」

「発進、よーそろ！」

副操縦士の武市の喚呼で、輸送機のエンジンが動き出す。1番機・2番機に遅れること25分、3番機は6時30分にラバウル西飛行場を発進してブイン基地に向かった。

1番機（323号機）搭乗員

山本五十六大将（連合艦隊司令長官）

福崎昇中佐（連合艦隊副官）

高田六郎軍医少将（連合艦隊軍医長）

樋端久利雄中佐（連合艦隊航空甲参謀）
小谷立飛曹長（機長兼主操縦士）
大崎朋春飛長（副操縦士）
田中実上飛曹（偵察員）
畑信雄一飛曹（電信員）
上野光雄飛長（電信員）
小林春政二飛曹（射爆員）
上田春雄上整曹（整備員）

2番機（326号機）搭乗員
宇垣纏中将（連合艦隊参謀長）
北村元治主計少将（連合艦隊主計長）
今中薫中佐（連合艦隊通信参謀）
友野林治中佐（連合艦隊気象長）
室井捨治少佐（連合艦隊航空乙参謀）

林浩二飛曹（主操縦士）
藤本文勝飛長（副操縦士）
谷本博明一飛曹（機長兼偵察員）
伊藤助一二飛曹（電信員）
八記勇二飛曹（電信員）
野見山金義飛長（射爆員）
栗山信之二整曹（整備員）

3番機（T2－902号機）搭乗員
上阪香苗少将（第二十六航空戦隊司令官）
山澄貞次郎大佐（第八艦隊参謀長）
渡辺悦平上飛曹（機長兼主操縦士）
武市文雄飛長（副操縦士）
青木蔵男二飛曹（電信員）
長谷川守道二整曹（整備員）

直掩隊
一小隊1番機：森崎武予備中尉
一小隊2番機：辻野上豊光一飛曹
一小隊3番機：杉田庄一飛長
二小隊1番機：日高義巳上飛曹
二小隊2番機：岡崎靖二飛曹
二小隊3番機：柳谷謙治飛長

第10章　悲劇と混乱

雲一つない南の晴れ空に、ごま粒ほどの大きさで前を飛んでいる1番機と2番機が見えた。その周囲を、数えて5つか6つの点々が飛んでいる。長官の護衛に就いている戦闘機隊だ。

高度2000m、3機の陸攻は巡航速度で同じ空を飛び続けた。長官が最初に着陸するバラレ島の飛行場は、ブーゲンビル島ブイン基地からさらに南南東に離れた場所にある。針路もほとんど同じで、3番機は1番機・2番機の後方約60kmを飛行していた。

しかし、1番機・2番機の一式陸攻に比べ、3番機の九六陸輸は型落ちの旧式機である。一式陸攻の巡航速度は315km／h、かたや九六陸輸は260km／h。性能に顕著な差がある3番機は、あっという間に後方へと取り残されていった。やがて1番機と2番機は蒼空の彼方に姿を消し、気づけば3番機だけが単独で飛行を続けていた。

「この輸送機には、長官がブインに届ける品物が積んであるという話だったが、中身は何かね」

賓客として座っていた山澄がおもむろに口を開く。発進の無電を打ち終えて一息ついていた青木は、「私たちもよく聞かされておりません」と答えた。

隣の指揮官席に座っていた上阪、奥で持ち場についていた長谷川もその会話に入り、機内は少し和やかな雰囲気になった。

「これを届けるのは長官のご発案か?」

「はい、そのように伺っております」

「そうか……。さすが長官は、人心を掌握する術に長けている」

山澄は昭和11年5月から昭和15年11月まで、海軍侍従武官として長く宮中に在り、昭和天皇の側近として仕えていた。太平洋戦争開戦時には重巡「妙高《みょうこう》」艦長として南方作戦に参加。そこから戦艦「陸奥《むつ》」艦長を経てラバウルにやってきた。現地の状況をつぶさに観察する中で、ガ島撤退後の将兵の士気沈滞を憂《うれ》いていた山澄は、今回の巡視計画に強い関心を持っていた。

3番機はセント・ジョージ岬を越え、ブーゲンビル島上空に入った。この時、先行した1番機と2番機に何が起こっていたのか、3番機の搭乗員は知るよしもなかった。

「気持ちの良い飛行だった」と、宇垣は当時のことを『戦藻録』で回想している。
ソロモン諸島上空、五十六が搭乗した１番機の詳細な状況は、関係者が全員戦死してしまったため分からない。大部分の記述は、２番機に搭乗して生還した宇垣、林の両名に加え、護衛に参加していた零戦６機の内、太平洋戦争で唯一戦後まで生存した柳谷飛長の回想に基づいている。

２番機は１番機の左斜め後ろを飛んでいた。両機はまるで翼の端が触れるかのようにぴったりとくっつき、指揮官席に座っている五十六の後ろ姿や、機内を移動する搭乗員の姿がハッキリと観察できた。護衛機は両機の３００～４００ｍ上空を飛行し、一小隊が１番機に、二小隊が２番機に、それぞれ３機ずつ就いて哨戒をしている。しかしブーゲンビル上空はまだ日本が制空権を保持していたため、搭乗員もそこまで警戒はしていなかった。

蒼《あお》い海、緑のジャングルが延々と続くだけの単調な移動。機長兼偵察員の谷本《たにもと》博明《ひろあき》一飛曹がチャート（航空地図）を取り出し、現在飛行中の地点について簡潔な説明を挟んでいく。宇垣ら一行はそれを聞きつつ、さながら遊覧飛行のようにのんびりとしたフライトを楽しんでいた。

宇垣の回想と林の回想は細部がやや異なっている。７時30分にさしかかる頃だった。主操縦士の林《はやし》浩《ひろし》二飛曹から、「〇七四五バラレ着の予定」と書かれた紙片を渡された。飛行場に着陸したら次は駆潜艇での移動が待っている。機体は着陸のため高度を７００～８００mにまで下げた。そろそろ用意をしなければと、宇垣は腕時計で時間を確認していた。

林の回想では、２番機は途中で無線アンテナがフラッター（異常振動）を起こし、１番機からわずかに遅れて約４㎞右後方を飛んでいた。宇垣はいつの間にかうたた寝をしており、谷本が「あと15分でバラレに着きます」と答えても「うん、うん」と眠そうに返事をしただけだったという。

その時、前方の１番機がおもむろに急降下を始めた。２番機の林もこれに倣《なら》って操縦桿をグッと倒し、機体は高度50ｍまで勢いよく降りていく。「どうしたのか」と宇垣が谷本に尋ねると、「間違いでしょう」という返事がかえってきた。

だが、現実にはそうではなかった。米軍のP－38戦闘機の編隊が陸攻２機を発見し、攻撃を開始したのである。護衛の零戦は即座に編隊を解いて迎撃に移り、１番機も敵を発見して回避運動に入った。２番機もようやく状況を理解し、搭乗員が直ちに配置に就いて戦闘が始まった。

巡視前日に城島司令官が指摘した通り、米軍は日本側の暗号電報の解読に成功していた。ハワイの対日諜報機関により、巡視計画の電報は約30時間を費やしてつぶさに解読され、アメリカ太平洋艦隊司令長官チェスター・ニミッツ大将の元に届けられた。その内容には一部の地名や時刻などに誤りがあったが、総合して次の部分は確実と判定された。「4月18日8時（日本時間）、山本五十六を乗せた一式陸攻がバラレ基地に到着する」。

最初の目的地と到着時刻が分かれば、後は予定コースを推測して奇襲をかけるだけである。ニミッツは熟慮の末、山本五十六の暗殺を決断した。日本海軍の中で五十六に匹敵する能力を有する提督は他になく、彼を殺せば海軍の指揮に重大な悪影響を及ぼすことが分かっていたためである。

五十六が時間を厳守する男と知っていた米軍側は、彼はラバウルとバラレを直線上につなぐ最短経路で移動すると読み、着陸直前の最も無防備な時間に奇襲をかければ、確実に彼を撃墜できると睨んだ。使用する機体は航続距離に優れ、当時ガダルカナル島に配備されていた陸軍のＰ－38戦闘機を借り、選りすぐりのパイロットを招集して秘密裏に任務を通達した。

巡視当日の5時25分、米軍側は先手を打ってヘンダーソン飛行場から18機のP―38を出撃させた（エンジン不調のため2機が引き返した）。日本側に一切の行動を悟られぬよう、部隊はソロモン海域の島々を大きく迂回するコースをとり、ブーゲンビル島の西岸上空へ7時35分に進入すべく、慎重に航路を合わせながら予定地点へ向かった。

予想した時間、予想した地点に山本五十六の陸攻が現れるかどうかは、米軍にとっても大きな賭けであったことは間違いない。だが、情報戦に優れていた米軍は日本側の行動を完全に読み切った。島の西岸から静かに突入した16機のP―38は、事前の予想と全く同じ地点を飛行していた2機の一式陸攻を、完璧に視界内に捉えたのである。

ここから先は、ほんの数刻の出来事であった。

米軍機は直掩の零戦に目もくれず、1番機めがけて一斉に襲いかかった。日本側は初動が遅れ、零戦が慌ててP―38に食らいついたが、数が少なく対応しきれない。

2番機は辛くも初撃をかわすことができたものの、1番機は低空で旋回しようと機首を傾けた直後、後ろに回り込んだ1機のP―38にありったけの機銃を叩き込まれた。弾丸は陸攻の右後部をなめるように命中していき、1番機は尾翼を吹き飛ばされ、右エンジンから濛々《もうもう》たる黒煙を噴き上げた。

ジャングル上空をすれすれに飛んで敵機を避ける2番機の窓に、被弾して高度を下げていく1番機の姿が見えた。「長官機につけろ！　つけろ！」と宇垣が叫ぶ。谷本は上空を乱舞する敵機の降下を凝視し、林の肩を叩いて回避方向を指示する。2番機は右へ左へ、ジグザグに機動しつつ前方の燃え墜ちる機体を追いかけたが、1番機はそのまま密林の中に姿を消し、生い茂る木々を薙《な》ぎ倒しながら轟然《ごうぜん》と地面に激突した。午前7時45分頃のことである。

五十六の乗る機体が撃墜された後も、敵機の攻撃は終わらない。今なお逃げ続ける2番機にも、1番機と同じ運命が待ち受けていた。

各銃座がけたたましい射撃音を立てて迫り来るP―38を迎撃する。一式陸攻には機首・上方・側方に7・7㎜機銃、尾部に20㎜機銃を搭載していたが、20㎜機銃の予備弾倉は少しでも重量を削減するため取り外してあり、弾薬を撃ちきった後は敵機を威嚇するのが精一杯だった。

相手は16機と1機、衆《しゅう》寡《か》敵《てき》せず機体は次々と被弾していく。宇垣の隣に座っていた室井と谷本は直接敵の機銃弾を浴び、バタリとうつ伏せに斃れて即死した。

林はジャングルで撃墜されれば全員助からないと判断し、機首を海の方に向けてひたすら逃げ続けた。２番機はモイラ岬を越えてそのまま洋上に飛び出したが、操縦不能に陥った機体はみるみるうちに高度を下げていき、全速力のまま海面にザブンと突入した。万事休す。着水時の衝撃で宇垣の身体はもんどり打って機内に叩きつけられ、視界は真っ暗に染まっていった。

一方、戦場のはるか後方に取り残されていた３番機は、奇跡的に敵と遭遇することなく、平穏裏に飛行を続けていた。既に１番機と２番機からは数百㎞も離れた位置にあり、３番機がブイン基地を目視する頃には、敵襲はとっくに終わっていたのである。

「ブインの飛行場です。着陸します」

渡辺が賓客に声をかけると、機体はゆっくりと高度を下げて着陸態勢に入った。九六陸輸の降着装置は一式陸攻と異なり手動式で、ハンドルを「96回」ほど回さないと主脚が出ない。

眼下に広がる基地の様子を見て、青木は思わず「あっ」と声を上げた。

普段は土埃が舞っている滑走路が、今日は綺麗に磨かれていた。水はけされた滑走路はピカピカな白い地面を覗かせ、まるで完成したばかりのように見える。長官の来訪に備え、数日前から念入りに掃除を行ってきたその成果だった。さらに滑走路の脇には手空きの艦爆搭乗員や基地員がズラリと並んで待機し、自分たちの到着を待ちわびているではないか。

いつもならガタガタと揺れる接地後の滑走も、砂粒一つない滑走路の上では全く揺れることがない。8時30分、3番機は無事にブイン基地に到着した。

青木はすかさず到着の電報を打った後、輸送機用の側面扉を開けてはしごを下ろした。それと同時に、青木は基地の異様な雰囲気を肌で感じ取った。

「なんだこの重い空気は。今日はブインで何が行われるんだ。長官の激励があるというだけの話じゃない。みんな何か慌てているように見える……」

ぽっかりと開いた胴体の日の丸から、まず上阪少将が、次いで山澄大佐が降りていく。基地員の視線が2名に集中し、「あれが山本長官か」とヒソヒソ話が飛び交う。輸送機のメンバーは機体を駐機場に止めた後、急いで指揮所へ報告に向かった。

この少し前、五十六の来着を待っていたブイン基地では大混乱が起こっていた。

当日7時40分、ブイン基地にある見張所が、P—38戦闘機と零戦の空戦を指揮所に告げた。見張所は滑走路の中央西側にそびえ立つ高さ25mの大櫓《おおやぐら》で、丸太を組んで作られたブイン基地の名物である。この基地を管轄していたのは第二十六航空戦隊で、いつもは司令官の上阪少将が指揮所に詰めていたが、このとき上阪は「3番機」でラバウルから帰投中であり、五八二空司令、山本栄《やまもとさかえ》中佐が代理で指揮を執っていた。

そこへ、一機の零戦が「ダダッ、ダダッ」と機銃を撃ち鳴らして滑走路に滑り込んできた。1番機・2番機を護衛していた零戦搭乗員の一人、日高義巳上飛曹である。

日高は山本司令に、「長官機が空戦中です！　応援を頼みます！」と言い残し、またすぐ零戦に乗って飛び立った。五八二空から直ちに16機の零戦が発進し、撤退中のP－38を追撃したが、ショートランド島西方でついに取り逃がしてしまった。

「長官機遭難」という衝撃の事実は、たちまちブイン基地中に知れ渡った。今日の巡視のために朝から待機していた基地員は、長官がもし戦死されたら……と思うと気が気ではなかった。そして滑走路の両脇で整列を続け、1番機の到着を今か今かと待っていたのである。

その混乱の渦中に、一切の事情を知らない3番機がやってきた。報告を終えた輸送機隊を待っていたのは、「長官機はどうなったのか」という質問攻めだった。

「なんですって！　長官機が遭難された!?」

渡辺が驚嘆の声を上げる。山本司令は苦虫を噛み潰したような顔で言葉を続けた。

「そうだ。今さっき直掩の搭乗員からそれを知らされた。お前たちは、この辺りで長官機の様子を目撃しなかったか」

一同は答えに窮した。先行した1番機と2番機のことについては何も知らされていない。確かに離陸直後は姿が見えていたが、そもそも違う飛行場から発進したので何に乗っていたのかも分からないのだ。そして、3番機が飛行中の間、1番機と2番機の墜落を示す痕跡は何も見出せなかった。

「いえ、我々は目撃していません。我々はそもそも、長官の慰問品を運びに……」

「本当に何もなかったのか。煙がたなびいたりしていなかったか」

司令はなおも祈るような気持ちで食い下がる。今は少しでも、五十六の安否に関する情報が欲しかった。

遭難の報告を聞きつけたのか、第二十六航空戦隊先任参謀の棚町《たなまち》整《ひとし》中佐も指揮所に駆けつけてきた。棚町はブインで五十六の視察を受けた後、第一根拠地隊司令部で上阪少将と共に五十六と昼食をとることになっていた。

「長官はどこに墜落された。本当に無事なのか。貴様らは本当に何も見ていないのか」

先ほどよりも厳しい口調で棚町は隊員を問い詰める。一人ひとりに対して何度も質問が繰り返されたが、答えは全員同じだった。「何も見ていません。分かりません」である。

「長官機にもし何かトラブルがあったなら、ここかバラレの方に不時着するでしょう。それを待っていればよいのではないですか」

青木はこう答えたが、先方が納得する気配はない。

「貴様には関係のない話だ。もし長官の身に何かあったのでは遅い！　なんでもいい、何か知っていることを話せ」

「私の知っていることは全て渡辺機長が話した通りのことです。我々は道中で一度たりとも敵機を見ていませんし、長官機のことも存じ上げません」

この不毛な押し問答は30分近く続いた。その間に、護衛を務めていた森崎中尉以下の零戦が一機、また一機とブイン基地に到着し、皆一様にうなだれた表情で1番機と2番機の墜落と任務の失敗を報告した。その報告に、指揮所にいた面々の顔はますます青ざめた。

だが、肝心なのは機体がどこに墜落したかである。それさえ分かれば、長官救出の望みをつなぐことができるはずだった。その情報を持っていそうなのは後からやってきた3番機の搭乗員だけだったが、残念ながら誰も機体の残骸など見ていない。そのもどかしさに棚町の苛立ちは募るばかりだった。

「おい、もうその辺でいいだろう」

一連のやりとりを見ていた上阪がたまらず口を挟んだ。

「司令官。何か知っておられるのですか」

「私も長官のことについては何も知らない。ここで長官の巡視を受けるために、彼らの輸送機に便乗してラバウルから急いで戻ってきたのだ。彼らに質問を続けても意味はない。早く解放してやれ」

上阪の取りなしによって、輸送機隊はようやく事なきを得た。指揮所を出ていくメンバーの足取りは、心なしかいつもよりも疲れて重かった。

「しかし、本当に長官はどうしたのでしょう。そろそろここに着陸しても良いはずなのに……」

「そんなことは知らん。俺も気になることは気になるが……。それよりも積み荷はどうなった。もし長官がご無事で、俺たちの運んできた慰問品がパーになっちまったら、二〇四空の面目は丸つぶれだぞ！　急げ！」

渡辺の言葉で我に返ったメンバーは、滑走路脇に寄せていた輸送機へと一目散に走っていったが、積み荷はブインの基地員が降ろしてくれたようで無事だった。次の指示があるまで待機となったが、皆はこのままブインに留まっていても仕方がないため、許可を得てラバウルへ戻ろうかと考えていた。

墜落した１番機の黒煙は、直掩隊の報告を受けて離陸した進藤《しんどう》三郎《さぶろう》大尉（五八二空飛行隊長）の偵察で確認された。しかし、地上の捜索隊が遭難中の五十六の元へ辿り着くには、なお相当の時間をかけなければならなかった。

視界がパッと明るくなっていく。沈み込んでいた身体が浮力を得て、急激に浮き上がっていくのを感じる。まばゆく光る海面に顔を出した時、宇垣は自分がいま生きていることを強烈に自覚した。

「助かったのか……」

意識も失わず、水も全く飲まず、沈みゆく陸攻の天蓋《てんがい》を抜けて、宇垣の身体は奇跡的にするりと浮かび上がっていた。後ろをふり返ると、２番機の残骸は横倒しになって沈んでいき、わずかに突き出した右翼だけが燃え盛っていた。

まだ生きている。とすれば、ここでじっとしているのは危険である。周囲を見渡すと２００ｍ先に海岸が見えた。２番機が沈んだ場所はブーゲンビル島の南端、モイラ岬の沖合だった。全身に倦怠感を感じつつ、宇垣は懸命に海岸まで泳いだ。機体から流れてきた用務箱を見つけ、右腕が折れていたが辛くも掴《つか》まることができた。

宇垣のすぐ前方では、不時着水の衝撃で吹き飛ばされた林二飛曹が波間を漂っていた。林は微《かす》かな打撲傷と口を少し切った程度の軽傷で済んでおり、宇垣の生存を確認すると一目散に海岸へ泳いでいった。

当時、モイラ岬の近辺で配置についていた日本軍の守備隊は、陸軍歩兵第二十三連隊第七中隊と、海軍佐世保第六特別陸戦隊の一部だった。自分たちのすぐ上空で零戦とP－38の激しい空戦を目撃した彼らは、沖合に不時着した機体を確認し、もし生存者が敵兵であれば射殺か捕虜にするつもりであった。

海岸線に来てみると、2人の生存者がこちらに向かって泳いでいるのが分かった。何発かの発砲の後、生け捕りにするため何名かが海に飛び込んだ。だが近づいてみると、泳いでくるのはどうも日本人である。内1人は宇垣の軍服につけている参謀飾緒《しょくしょ》を目にして、「あっ、参謀だ！　参謀だ！」と叫んだ。

「参謀長が生きておられる。どうか救助を頼みます！」

先に海岸に辿り着いた林が叫ぶ。宇垣は数名の助力を得ながら、やっとのことで海岸に到達することができた。

トタンでできた担架に載せられた宇垣は、海岸から約２００ｍ離れた第七中隊の兵舎に収容された。衛生兵の応急処置で右腕に副木をあてがわれ、一息ついた宇垣はさっそく事件の様相をバラレの板垣司令官に電話した。

「今日は馬鹿に基地の方が騒がしいな」

前日から五十六に振る舞うための昼食を準備していた亀田兵曹長は、たまたま一根司令部を訪れていた。会食の席には何人が座るのか、ラバウルを発った人員はどれくらいなのかを確認しにきたのである。司令部はブイン基地から１㎞ほどしか離れておらず、基地の飛行機が活発に動いている音がこちらにも響いてくる。さっきは地上をバリバリ叩く機銃の音までしたが、一体何があったのか。亀田は事の重大さをまだ知らなかった。

板垣司令官はバラレ島に派遣されて五十六の来訪を待っていた。代わりに司令部の留守を預かっていたのは一根先任参謀の富田《とみた》捨造《すてぞう》中佐である。

「主計科烹炊員長の亀田です。本日の長官巡視について、ご到着の員数を確かめに参りました」

「おぉ、亀田か。いま司令官はバラレだ。長官がバラレにご到着された時に連絡が入るはずだから……。ちょっと待て、電話だ」

富田はジリジリと鳴る受話器を取った。電話の相手は板垣司令官だ。予定通り長官が到着したのかと亀田は思ったが、どうも様子がおかしい。最初はのんびりとしていた富田の表情がみるみる内に色を失っていく。心配している様子の亀田に対し、富田は苦渋の面持ちで告げた。

「……亀田。今日の会食を準備する必要はない」

「はぁ？」

「準備の必要はない！　さっさと持ち場に戻れ！」

富田の声はわなわなと震えていた。ただならぬ気配を察した亀田は、「承知致しました」とだけ伝えて司令部を退出した。

ブインに日高上飛曹が着陸するのと同じ頃、二小隊2番機の岡崎靖二飛曹は、バラレ島に緊急着陸して1番機の遭難を板垣に報告した。さらにその後、モイラ岬に不時着した宇垣からバラレ島に連絡があり、板垣は爾後《じご》処置や捜索活動について指示を受けていた。

「……はい。分かりました。直ちに軍医を派遣致します」

受話器越しの会話に戻った富田は、板垣から2番機の生存者に関する状況を知らされた。そして生存者をバラレ島の病舎に収容し、軍医を派遣して治療にあたらせることにしたのである。富田は直ちに第一根拠地隊附属の病舎に電話を入れ、「熱病患者治療の用意をして、急ぎ駆潜艇に乗れ！」とぶっきらぼうに連絡した。

追い出されるように司令部を後にした亀田は、帰りのジャングルの中で途方に暮れていた。料理はもうとっくに仕込みを終えている。研いでいた米は乾燥させれば何とかなるが、魚介類は今日の午前中に処理しなければ腐ってしまう。しかも長官の来訪とあって、気合いの入っていた烹炊班はなんとイセエビを50匹も乱獲していた。会食中止の事実を烹炊班になんと伝えればよいのか、そして大量に用意された食材をどうしたものか、亀田は結局、部隊の全員で料理を食べることにした。普段の食事に似つかわしくない豪勢な昼食に、一同は気まずい思いで顔を見合わせるしかなかった。

「おい、長官からの着電はまだ来ていないのか」

ラバウルの南東方面艦隊司令部庁舎が違和感に気づいたのは、当日の11時頃だった。1番機と2番機が予定通り巡視をこなしていれば、ラバウルに対して到着の電報を打っているはずである。だが、その着電はいつまで経っても来ない。情報が全く入ってこないので、草鹿は段々と不安になり始めていた。

「電信室に問い合わせたのですが、まだ来ていないようです」

通信参謀の有沢直定《ありさわなおさだ》中佐が答える。だが、その声は草鹿に比べてまだ楽観的な調子だった。

「一通もないというのはおかしいだろう。まさかとは思うが、敵機にでも襲われたんじゃないのか……」

「いえ、そのようなことはあり得ません」

会話を聞いていた野村がたまらず口を挟んだ。自分の考えた計画に不備などない、あっては困ると言いたげな表情だった。

「私も詳しくは存じ上げませんが……。恐らく連合艦隊司令長官が乗っておられるので、電信員が緊張して着電を打つのを忘れてしまったのでしょう」

「連合艦隊司令長官が消息を絶っているのは異常事態じゃないか。速やかに関係各所に連絡を回して、長官が今どこにいるか調べろ！」

「先ほど、ブインの二十六航戦に問い合わせの電報を打ちました。上阪司令官は長官より少し遅れてここを発ちましたが、無事に到着したという報告が入っています。なので、長官が敵機に襲われた可能性はないはずです。エンジンの故障か何かで不時着したのかと……」

正午になり、13時を過ぎても、1番機や2番機からは何の連絡もなかった。そして14時を回った頃、南東方面艦隊司令部はようやく長官機遭難の報告を受け取った。それは、ラバウルに帰投した直掩隊の搭乗員からもたらされたものだった。

ブインに着陸した直掩隊は、上阪司令官によってラバウル帰投を命じられた。南東方面艦隊司令部に詳細な報告を行い、その後の指示を仰ぐためである。12時、森崎中尉以下5名がブインを離陸、同じくバラレにいた岡崎二飛曹も合流し、6機で編隊を組んでラバウルに向かった。

墜落地点のモイラ岬から、まだわずかな黒い煙がくすぶっているのが見えた。何となく和やかな気分で飛んでいた往路とは違い、復路を行く搭乗員の心境は悲痛なまでに沈んでいた。誰もが黙したままラバウルまで飛び続け、13時50分、東飛行場に着陸した。

「敵戦闘機24機の攻撃を受けて、1番機は黒煙を吐きながらブイン基地西方のジャングルへ、また2番機は海上へそれぞれ不時着しました。2番機からは人が出てきて泳いでいましたが、

1番機の方はジャングルが深くてよく分かりません。しかし、不時着時の角度が割と浅かったので、長官は大丈夫かもしれません……」

森崎中尉の淡々とした報告を受け取った杉本司令は、「ご苦労」と沈んだ声で呟いた。そして、6名に対して厳重な箝口令《かんこうれい》を言い渡した。

「司令官、2番機の生存者が一根司令部に移送されてきました」

棚町先任参謀がブインの指揮所に報告すると、再び室内がざわめき始めた。宇垣が一根司令部に電話をかけた直後、2番機の残骸付近で波間を漂っていた北村主計長が救出され、頭部と頸部に裂傷を負って応急手当を受けていた。これで生存者は3名となり、一根司令部の附属病舎で治療にあたることになった。

「確か、搭乗員の一人は軽傷で済んでいたな。彼をラバウルの病院に入院させろという命令が南東方面艦隊より来ている」

「直ちに輸送機の手配をします」

「待て。私が乗ってきた輸送機があるはずだ。彼らにもラバウルへ帰ってもらわなければいかん。原隊は二〇四空だからな。ここに留まっていても意味はないはずだ」

「では、彼らに運ばせましょう」

時刻はもう15時になろうとしていた。搭乗員待機所で基地の狼狽《ろうばい》ぶりを眺めていた青木ら一同は、再び指揮所に呼ばれて新たな命令を受領した。

「2番機の主操縦士が1名、重傷でここに運ばれてきた。彼にはラバウルで上級司令部に報告の義務がある。二〇四空輸送機隊は直ちに負傷兵1名を空輸しラバウルに帰投せよ。以上」

もったいぶるかのような口ぶりだった。一同が輸送機に戻ると、魂が抜けたような顔で座席に腰かけている林二飛曹の姿があった。

「なんだ、ただの掠《かす》り傷じゃないか」

「よせ。見えないところに傷があるのかもしれん」

ぼやく長谷川を渡辺が諫《いさ》める。林はこちらをひと睨みした後、また首を垂れて塞《ふさ》ぎ込んでしまった。

輸送機隊が戦場帰りの傷病兵を空輸するのは珍しいことではない。シーツを張った簡素な担架に載せられ、ぐるぐる巻きの包帯に血が滲《にじ》み虫の息であることも多い。青木の班は一度だけ腐敗した兵士の死体を運んだこともある。だが林は飛行服のまま、上唇と頬に赤チンキが塗ってあるだけで、外見は至って元気そうに見えた。

「司令部が重傷と言っているから、彼は重傷なんだ。そう思わなければ」

青木は心の中で自分に言い聞かせた。あれこれ詮索したってしょうがない。それに、林の方もあまり話す気にはなれないだろう。今はラバウルに帰る方が先である。これさえ済めば、この長い一日は終わるはずだ。

「離陸します」

真上に輝いていた太陽も、気づけば西の方に沈んでいた。3番機は未だ混乱覚めやらぬブインを発進し、夕方にラバウル東飛行場へ到着した。道中、搭乗員は誰一人言葉を発さなかった。

林はそのまま南東方面艦隊司令部庁舎に召集され、報告を終えた後にラバウル第八海軍病院に入院した。事件の当事者として唯一生き残った下士官であるため、長官遭難の話が広まらないよう隔離したのである。基地に帰った輸送機隊のメンバーは司令室に呼ばれ、杉本司令と宮野飛行隊長から箝口令を言い渡された。

「このことは、上官から発表があるまでは絶対に他言してはならぬ。今これが皆に知られては、全軍、いや全国民の士気に影響するところ甚大なるものがある。誓って他言するな」

ラバウルの夕陽は残光を発して地平線の彼方に消えた。それはあたかも、山本五十六という海軍の巨星が墜ちたことを象徴しているかのようであった。

第11章　喪失

「おい、今日はずいぶん帰りが遅かったな。何かあったのか」

輸送機のメンバーが兵舎に帰ると、さっそく非番の搭乗員から質問攻めにあった。

「ちょっとブインでな、敵の空襲に巻き込まれて足止めを食った。えらい目に遭ったよ」

「そうか、そりゃ災難だったな」

渡辺機長がやれやれといった風に適当な答えを返すと、みんなそれ以上は聞こうとしなかった。

「青木、ずいぶんしょげた顔してるじゃないか。どうだ、気晴らしに花札でもしないか」

同期の川村が気を利かせて青木を誘う。だが、当の青木は退屈しのぎをする元気もなかった。

「いや、今日はもう疲れたからいい。少し夜風に当たってくる……」

怪訝な顔をする一同には目もくれず、青木はさっさと兵舎を飛び出してしまった。いつもは大声で青木を呼び止めてあれこれ言いつける渡辺も、今日はくたびれた顔で見送るばかりだった。

あてもなく道を歩き続け、青木は町外れの小さな埠頭《ふとう》に出た。港には大小様々な現地人の小舟が浮かび、その中に大きなマストを残して沈んだ陸海軍の輸送船が何隻か見える。普段は戦地特有の景色として気にもとめなかったが、今日はなんだか嫌な思いがした。

「長官は、どうなったんだ……。まさか、死んだのか……」

言ってはいけない言葉が思わず口からこぼれる。慌てて周囲を見回したが、幸い人の気配はなかった。連合艦隊司令長官を乗せた機体が墜落したという事実すら、にわかには信じられないことであるが、最前線ブインの空襲の激しさを知るラバウルの搭乗員にとっては、なぜわざわざそんなところへ、という批判も、内心ないわけではなかった。

地べたに腰を下ろし、青木はしばらくじっとその場を動かなかった。できることなら、今日のことは早く忘れてしまいたかったが、後で自分の航空記録にその日の飛行時間を書いておかなければならない。それまでの間は、せめて物思いにふけっていたかった。

星粒が見えていた空が突然曇り出し、気づけば雷を伴うスコールに変わった。車軸を流すような大雨がラバウルの町を、飛行場をざんぶりと濡らしていく。敵の空襲から町を覆い隠し、洗濯や洗顔もできる恵みの雨も、今は鬱《うつ》屈《くつ》とした感情をさらに加速させるだけでしかない。

「くそっ、こんな時にスコールなんか来やがって！」

青木は泥水を蹴飛ばしながら、逃げるように兵舎へと帰っていった。

結局、遭難した1番機の正確な位置は不明のままであった。上空からは砕け散った機体の残骸を確認できたものの、地上の部隊が回収へ行くには地理情報が不足しており、事件当日はよく分からないまま日が暮れてしまった。

南東方面艦隊司令部は、ラバウルおよびブインに厳重な箝口令を敷くと共に、事態の究明に全力を注いだ。もしかしたら、まだ山本五十六は生きているかもしれないからである。

ラバウルに残留していた連合艦隊司令部の渡辺安次戦務参謀は、1番機の遭難について情報を得るため、明日19日の早朝からブインへ飛ぶことになった。本来は今すぐにでも発ちたかったが、機体の用意に手間取り、さらにラバウルが激しいスコールに見舞われたことで翌朝に延期となったのである。輸送機は南東方面艦隊直属のものを使用し、西《にし》尾《お》秀彦《ひでひこ》少将（南東方面艦隊参謀副長)、野村参謀、大久保軍医長を随行員として派遣することとなった。

その夜、草鹿は飛行計画を策定している野村に声をかけた。

「野村、明日は何に乗っていくんだ。直掩の戦闘機は何機つけるか」

「護衛はつけません。九六輸送機で参ります」

草鹿は顔を真っ赤にして野村を叱り飛ばした。

「貴様! 何だその答えは! 昨日までは安全だったというが、今日こんな事態になった。戦時の状況変化は激しいのだ! いつまでも過去のことにとらわれていないで、現情勢をもっと真剣に考えろ!」

野村にとっては耳の痛い説教だった。

「ブーゲンビル島に入ったら、すぐに超低空を飛行します。九六の方が一式より操縦性が良いですから、敵機の攻撃はかわしやすいはずです。それに、あまり慣れていない護衛をつけてしまったら、こちらが編隊飛行の面倒を見てやらねばなりません。ゆえに、護衛の申し出はお断りします。場合によっては私自らが操縦を行うことも覚悟しております」

草鹿と野村は激論をかわしたが、結局は野村が自分の主張を押し切る形となった。

翌朝5時、一行は始発便でラバウルを発ち、ブインへ到着した。渡辺はそのまま第一根拠地隊司令部に向かい、滞在中の宇垣に状況を聞きに行った。

「渡辺参りました」

「長官はモイラ岬の北西11海里だ。早く行ってくれ」

宇垣は北村主計長と共に簡素なベッドで寝かされていた。渡辺の回想では、2人とも包帯で顔をぐるぐる巻きにされていた。

「昨日は何があったのですか。参謀長はどうして助かったのですか」

「俺が乗った機体は不時着水して、運良く助かった。島に向かって泳いでいたら現地の友軍が引き上げてくれたんだ」

「そうでしたか……」

「今回の件は、全て俺の責任だ。国に対してなんとお詫びしてよいか……。俺のことはいい。長官のところへ、早く、早く……」

宇垣の包帯には涙が滲んでいた。もしこれで長官が死亡していたら、いよいよ事態は最悪の様相を呈する。

「分かりました。救出に全力を尽くします」

渡辺は宇垣に別れを告げ、ショートランドから派遣されてきた水上偵察機に便乗し、墜落現場の上空へと向かった。

　１番機が不時着した現場は陸攻から漏れ出たガソリンで小火災が起こり、周囲の色が黒く変わっている。そこへ目がけ、渡辺は「渡辺参謀お迎えに参りました。ハンカチを振ってください」と書かれた報告球を相次いで投下した。その後も燃料ギリギリまで上空を旋回し続けたが、ついにそれらしきものは見られなかった。

「長官の生存だけでも確認したいので、次は水偵から空挺降下します。落下傘をお貸しください！」

　ブインに戻った渡辺はなおも諦めなかった。

「渡辺さん、そりゃいけない。やけを起こすのもいいですが、あなたまで失うわけにはいきません」

「空から見て場所が分かっていても、実際に密林を歩くとなると勝手が違いますよ。今から一人で降りたって、１日かかっても１００ｍすら歩けないでしょう。それに、既に陸戦隊が捜索に出ています。せめて歩いて墜落現場に向かってください」

　渡辺はやむを得ず捜索隊を編成し、地上から墜落現場を目指した。だが、深い密林をかき分けての捜索は思った以上に難航し、夕方になっても夜になっても、全く辿り着くことはできない。やがて朝が来て、上空の水偵からまた報告球が投下された。そこには、次のように書かれていた。

「長官機生存者なし。遺骸全て収容済。合流し引き渡す」

渡辺の身体からへなへなと力が抜けていった。上空からはあれだけハッキリと現場が見えていたのに、たった数十kmのジャングルを踏破できない。寝ることも惜しんで1日かけて捜索したのに、これで全てが無駄になってしまった。なぜ長官は我々をおいて戦死なされたのか。渡辺は天を仰いだ。

山本五十六の遺体発見までには多くの捜索隊が出され、発見の状況や戦死の原因など諸説が入り乱れている。

当時、1番機の墜落現場に最も近かった部隊は、ブーゲンビル島アコ村に駐屯していた陸軍歩兵第二十三連隊である。連隊本部で朝食をとっていた浜《はま》之《の》上《うえ》俊《とし》秋《あき》大佐（同連隊長）は偶然にも日米の戦闘機が繰り広げる銃撃音と墜落音を聞き、中村《なかむら》常《つね》男《お》見習士官および蜷川《にながわ》親《ちか》博《ひさ》軍医中尉を捜索に向かわせた。

さらに第六師団輜《し》重《ちょう》兵第六連隊からも安《あ》部《べ》茂《しげる》大尉の捜索隊が、海軍から佐世保第六特別陸戦隊の吉田雅雄《よしだまさお》少尉（第一中隊第一小隊長）の捜索隊が独自に出発していた。渡辺戦務参謀の部隊を含め、陸海軍からは合計4つの部隊が墜落現場に向かったことになる。だが、18日当日は誰も現場に到着することはできなかった。

明けて19日午前、最初に現場へ到着したのは、陸軍歩兵第二十三連隊の浜砂盈栄《はますなみつよし》少尉（歩兵砲中隊第一小隊長）が率いる捜索隊であった。

当時、浜砂小隊はアコ村の作業場近くで道路建設に駆り出されていたが、事件当日は非番だったため、部下は思い思いの時間を過ごしていた。

ふと爆音と銃撃音に気づいて上空を見上げると、凄まじい乱戦を繰り広げる日米の戦闘機が目に入った。間もなく付近の密林から黒煙が噴き上がり、零戦が敵機を撃墜したと信じていた小隊は、快哉《かいさい》を叫んで味方機を見送った。

しばらくして、浜砂は市川一郎《いちかわいちろう》大尉（同歩兵砲中隊長）より、「海軍の指揮官機が敵機に撃墜された。捜索のため我が中隊から斥候《せっこう》隊を送れとのことである。浜砂小隊は直ちに出発せよ」との命令を受領した。そこで一昼夜をかけて懸命の捜索を続けた結果、19日午前、ようやく現場に到着したのである。

1番機の搭乗員11名は、全員死亡したものと認定された。

他の搭乗員は焼け焦げて遺体の判別も困難だったが、五十六と高田軍医少将だけは遺体が焼けておらず、墜落現場から15～20m離れたところで見つかった。しかも五十六の遺体は目立った外傷もなく、火傷《やけど》や打撲に苦しんだ形跡もなく、指揮官席に泰然と座ったままの状態で発見されたのである。それはまるで、生きたまま安らかに眠っているかのようであった。

11名の遺体は20日午後に海軍へ引き渡され、ブインへと運ばれた。翌21日には検死の上で火葬が行われ、第一根拠地隊本部の裏に、小さな土まんじゅうと墓標が作られた。骨上げはパパイヤの枝で作った箸で丁寧に行われ、骨壺は木箱で代用されたという。その日の夕方にはブインにまた敵の空襲があり、居合わせた参謀たちが遺骨を抱きかかえて防空壕へ待避するという一幕もあった。

根拠地隊の病舎で療養していた宇垣を含め、ブインに派遣されていた連合艦隊、南東方面艦隊の幕僚は、五十六ら11名の遺骨と共に、22日午後にラバウルへと帰った。行きの時は6機しか護衛しなかった零戦が、帰りは17機にまで増えていた。通夜はその日の夜に行われ、トラック泊地の戦艦「武蔵」へ遺骨が戻ったのは、翌23日であった。

ラバウルとブインでは、五十六の戦死を知る者と、知らない者がいた。

娯楽に乏しい戦地にあって、噂話は退屈しのぎにもってこいである。ひとたび噂が聞こえれば、その話題はあっという間に皆の知るところとなる。だが今回は箝口令が敷かれているだけに、噂はごく密やかに、不気味な尾ひれをつけてゆっくりと共有された。

戦地における多忙な任務の中で、そのことにあえて触れようとする者は次第に少なくなった。真実を知るごく一部の搭乗員は、親しい戦友に内緒で打ち明けるか、あるいは堅く口を閉ざし続けていた。

あれからしばらく、青木はなじみの搭乗員から質問されることがあった。

「青木、連合艦隊司令長官が遭難したって、本当なのか」

「なんですかそれ」

「ブインでそんな話を聞いた。まさかとは思うんだが……」

「そんなの、初めて聞きましたよ」

青木はさも気にしていないかのように答えるが、内心では、五十六の安否が気になっていた。戦死したのか、重傷で内地に送還されたのか、肝心な部分が霧に包まれ、余計に気を揉むばかりだった。

「青木、本当に何も知らないのか」

輸送機隊のメンバーからも、五十六の消息をたびたび質問された。

「何度も言ってるじゃないですか。そんなこと知りませんよ」

「お前の元気がないから心配なんだ！」

川村が青木に食ってかかった。

「あの日から、ずいぶん様子が変だぞ。他の連中も浮き足立ってるし、聞いても何も教えてくれないし……、トラック基地に空輸に行っても、みんな噂してる。『武蔵』に長官がいない、長官は一体、どうなったのかって……」

「そんなもん、こっちが知りたいよ。俺だって本当に知らないんだ」

「もういい、やめろ！」

見かねた様子で、渡辺が声を荒らげた。

「貴様ら、長官のことばかり気にして、意識がたるんどるぞ！　ここは戦地だ、俺たちのやることは決まっているはずだ！　戦況がどうとか、長官がどうとか、そんなのはもっと偉い連中が考えることだ。下らん噂話で隊の士気を下げるな！　今度その話をした奴は俺がぶん殴ってやる！」

兵舎の一同が静まりかえる中、渡辺は青木を外に連れ出した。

「……申し訳ありません」

「……青木、もう気にするな」

殴られると思った青木を、渡辺は優しく諭した。

「あいつらに悪気があるわけじゃない。今はそれしか話題がないんだ。お前が浮かない顔をしてるから、みんな気になって仕方なくなる。もっと堂々としてろ」

「はい……」

「お前だけが塞ぎ込んでも戦況は変わらん。言っただろう。長官のことなど、俺たちが気にしたってしょうがないんだ。下士官たるものは、常に目の前のことに集中していればいい」

鬱屈とした気分から、すっと目の覚める思いがした。

「貴様の氏名と階級を言え！」

「はっ！　海軍二等飛行兵曹、青木藏男です！」

「そうだ！　貴様は我が二〇四空輸送機隊の電信員だ。いいな！」

「はい！」

「……後で、川村にも謝っておけよ。俺は下の町に下りてくる」

どこか苦手だった渡辺上飛曹が、あの事件以来、少し優しくなった気がした。

４月が終わり、５月になった。ラバウルの海軍航空隊は新たな作戦に備えることとなり、五十六に関する話題は自然と少なくなった。

青木は、事件の真相を最後まで誰にも話さなかった。

仮に連合艦隊司令長官が戦死したとしても、いつかはそのことが公表され、新しい連合艦隊司令長官の着任が国民に伝えられるだろう。そしていつか、新しい連合艦隊司令長官が再びラバウルを訪れ、将兵を指揮し、山本五十六大将の敵《かたき》討ちを果たすだろう。青木はそう思った。今後の戦局、日本の前途といった遠い未来の話は、最前線に生きる一人の兵士にとっては想像する余地もない。目の前で繰り広げられる戦争こそが、今の青木の全てだった。

長い雨期も終わり、快晴の太陽がギラギラと光り輝いている。この蒸し暑いラバウルの青い空だけは、いつになっても変わることはなかった。

エピローグ

令和4年4月29日、私は2人の関係者を連れて青木さんの家を訪れた。

一人は山本元帥景仰会理事の星《ほし》貴《たかし》さん、もう一人は山本家の現当主で五十六の孫、山本《やまもと》源《げん》太《た》郎《ろう》さんである。

源太郎さんは昭和36年、高度経済成長期の真っ只中に生まれた。祖父の五十六について幼少期はあまり知らず、むしろ戦後教育の中で次第に敬遠するようになっていたという。祖父の辿った軌跡を改めて知ったのは、父（五十六の息子）の山本《やまもと》義正《よしまさ》が死去した後、山本家の当主になってからである。

源太郎さんは、祖父のことを知る関係者の話を強く聞きたがっていた。多くの遺族と連絡を取り、話を伺いにいったが、実際に太平洋戦争に従軍した経験者の証言を聞くのは、これが初めてのことだった。

「まだ山本五十六のことを知る方がご存命だったとは、思いもしませんでした。祖父の貴重なお話をありがとうございます」

「いえいえ、私はただ、自分があの時ラバウルで見たこと聞いたことをそのまま話したに過ぎません。そもそも山本長官と直接会うこともなかったのですから」

終始和やかなムードの中、会話は進んでいった。生きている間に青木さんと五十六の子孫を立ち会わせることは、取材を繰り返す中で私にできる青木さんへの恩返しだと感じていた。

五十六の死後、ソロモン方面はいよいよ米軍の攻勢が激しくなり、連日連夜にわたる激闘の中で、二〇四空はその戦力を消耗させていった。ラバウルでは多くのエースパイロットが生まれ、青木さんは彼らの生きた姿を目の当たりにした。

しかし、部隊解散の時期は唐突にやってきた。昭和19年2月、戦力再建のためトラックに後退して補充を待っていた二〇四空は、米軍のトラック大空襲に遭遇し、保有機のほぼ全てを喪失する大打撃を受けた。青木さんら輸送機隊は空襲の合間を縫って基地員を輸送機に詰め込み、命からがらサイパンに向けて脱出した。敵の空襲圏内を離脱し、安堵の溜息をついた途端、今まで抑えていた冷や汗が滝のように流れ出し、命のありがたみを深く噛みしめた。

壊滅状態となった二〇四空はそのまま解散となった。搭乗員には転属先の希望を届け出る用紙が配られ、青木は川村と共に「第一線部隊残留熱望」と書いて提出した。すると上官からその心意気を褒められ、気を利かせて2人を内地へ送ってくれた。これがなければ、戦争は生きのびられなかったと青木さんは言う。

しかし、内地に帰った青木と川村には対照的な結末が待っていた。青木は空技廠《しょう》に転属となり、十八試陸上攻撃機「連山」のテストパイロットとして三沢基地で待機中に終戦を迎えた。最終階級は飛行兵曹長であった。

一方、茨城県の百里《ひゃくり》原《はら》海軍航空隊に着任した川村は、同年10月に第七二一海軍航空隊（神雷部隊）が編成されるとそこに転属となり、昭和20年3月21日、桜花《おうか》を搭載した一式陸攻の電信員として特攻出撃、23歳で戦死した。

特攻隊戦没者慰霊平和祈念協会が編纂した『特別攻撃隊全史』には、戦没者名簿に他の特攻隊員に交じって川村勝喜上等飛行兵曹の名前が記されている。彼がどのような思いで特攻隊に志願し、戦死したのか。今となってはそれを知るよしもない。

私が青木さんにこれを伝えると、青木さんは一瞬だけ目を見開き、静かに黙想してから呟いた。

「……本当に、人間はどこで生死が決まるのか分かりませんね。紙一重の差ですよ。私が戦争を生きのびられたのは、やっぱり運が良かったんだと思います。……よく調べてくれました。ありがとう」

私との出会いがなければ、こんなに鮮明にラバウルを思い返すことはなかった、と青木さんは語る。私が青木さんと出会って既に4年、当時20歳の若武者だった青木さんは今や99歳となっていた。戦友会で再会した懐かしの同期生も減っていき、ついに自分一人だけになったと、淋《さび》しく笑う様子が印象に残った。

太平洋戦争は、もはや「歴史」の一部になった。往時を知る人物が全くいなくなり、全ては過去の蓄積と研究によって評価される時代に変わった。明らかにされないまま闇に葬られた謎も多く残った。しかし、時代の中で生きた人々の記憶は「証言」として、後々の世まで語り伝えられる。それがある限り、戦争の記憶は引き継がれていく、と私は強く感じたのである。

令和 4 年 4 月 29 日(昭和の日)、親しげに会話する青木藏男さん(左)と山本源太郎さん(右)。

青木さん(右)と著者(左)。令和 3 年 10 月、青木さんの自宅にて。

あとがき

令和4年7月8日、私は市ヶ谷にある防衛研究所戦史研究センター史料閲覧室を訪れていた。ここに所蔵されている資料「山本元帥国葬関係綴」には、山本五十六が戦死した海軍甲事件に関する当時の電報、関係者の書簡、国葬の手順などの重要情報が簿冊にまとめられている。許可を得て資料を複写させて頂き、そろそろ帰ろうと思っていた矢先のことだった。休憩室で何気なくスマートフォンを開いていた時、次のようなニュースが目に入った。「元総理大臣の安倍《あべ》晋三《しんぞう》が銃撃を受け、意識不明の重体」。私は膝から崩れ落ちるような衝撃を受けた。

これは仕事どころではないと思った私は、足早に施設を後にした。家に帰ると緊急特番のニュースが一斉に訃報を出しており、彼の無事を祈っていた私は茫然自失として声も出なかった。

私は平成10年生まれ、いわゆるZ世代の人間である。そんな私が成長し、子どもながらに政治への関心が芽生えた頃、日本の総理大臣といえば安倍晋三だった。政権交代を経て二度目の総理大臣に返り咲いた安倍総理は、憲政史上最多記録となる３０００日以上の在職を成し遂げた。私にとっては中学２年生から大学卒業までの７年間にあたる。彼に対する評価はここでは触れないが、私以外の若い世代にとっても、安倍総理の存在が非常に身近なものであったことは間違いない。

それだけに、彼が凶弾に斃れたというニュースを聞いた時は動揺を隠せなかった。心の中にぽっかりと大きな穴が開いたような気がして、数日あまり食欲も湧かなかったことをよく覚えている。総理大臣経験者が暗殺されたのは戦前の五・一五事件と二・二六事件以来、しかも銃を用いたテロ行為とあって、偉大な元総理を喪《うしな》った日本の未来に対する閉塞《へいそく》感が、しばらくの間ぬぐえなかった。そして私は、「五十六の死を聞いた国民も、このような気持ちを感じていたのではないか」ということに気づいたのである。

「山本五十六の死」という事実には、単なる有名人の死とは一線を画する重みがあった。国民によく親しまれたという知名度以上に、日本の舵《かじ》取りを担うにふさわしい傑物、この人なら安心して国を任せられるという実感が、山本五十六にはあった。それを喪ったという悲しみは、ただの悲しみとは異なる。日本はどうなるのかという不安、未来に対する閉塞した重い空気が、人々の間に漂った。厭戦《えんせん》気分とも異なる感情が、五十六の死を悼む国民の中に渦巻いた。その息が詰まりそうな重い空気が、安倍晋三の死という重大事件の余波と、確かに似ていると思ったのである。私にとっては、ある意味で得難い歴史の追体験であった。

五十六の死後、日本は昭和20年にポツダム宣言を受諾して太平洋戦争に敗れた。一方、安倍元総理が死去した令和4年、このあとがきを執筆している今でも、ロシアはウクライナに侵攻し、日本を取り巻く国際情勢も緊迫の度合いを増している。国家間戦争から世界大戦へ突入する可能性もゼロとは言い切れない。日本はもはや「戦後」の時代を真に終え、否応なしに新たな時代へ向かうことを余儀なくされている。

その中にあって、過去に日本が経験した未曾有の大戦であった太平洋戦争の記録、それを適切に活用することは、私を含めた若い世代が切り拓く新境地である。戦後教育で平和が第一と唱え続けていればよかった時代は、とっくに過ぎ去っている。そのような歴史の過渡期を生きる私たちだからこそ、既に歴史の一部となった太平洋戦争というテーマに改めて向き合うことは、決して無駄ではないと信ずるものである。

本書を執筆するにあたっては、様々な関係者のご厚意とご助力を頂いた。本書の主人公の一人として登場した青木藏男さんとその御家族を始め、山本元帥景仰会理事の星貴さん、山本五十六記念館館長の山本源太郎さん、および山本五十六記念館、如是蔵博物館のスタッフの方々、防衛大学校戦略教育室准教授の中澤信一２等海佐、古澤忠彦元海将、パールハーバー航空博物館の神谷知子さん、編集の高橋恒星さん、専修大学戦史研究会の皆さん、また、資料探しを手伝ってくれた後輩の川井邦年君、執筆にあたり個人的に種々のご指導を頂いた史文社代表の藤城徹さんに対し、心より厚く御礼申し上げます。

池田遼太

参考文献

相良俊輔『怒りの海─戦艦比叡・西田艦長の悲劇』光人社　１９９０年

青木藏男『航空記録』

阿川弘之『山本五十六』新潮社　１９６５年

市来崎慶一編『噫山本元帥』文藝春秋社　１９４４年

伊藤秀美『日本海軍暗号の敗北』紫峰出版　２０１８年

今村均『今村均大将回想録第４巻　戦い終る』自由アジア社　１９６０年

宇垣纏『戦藻録（明治百年史叢書）』原書房　１９６８年

蝦名賢造『死に往く長官─山本五十六と宇垣纏　上下巻』西田書店　１９８９年

大野芳『山本五十六自決セリ』学研M文庫　２０１１年

近江兵治郎『連合艦隊司令長官山本五十六とその参謀たち』テイ・アイ・エス　２０００年

海軍７０５空会会員『第７０５海軍航空隊史─ラバウル航空隊　中攻　死闘の記録』海軍７０５空会　１９７５年

亀井宏『ガダルカナル戦記　第一～三巻』光人社　１９８０年

木村聡『聯合艦隊─「海軍の象徴」の実像』中央公論新社　２０２２年

衣川宏『ブーゲンビリアの花─山本五十六と運命をともにした連合艦隊航空参謀　樋端久利雄の生涯』原書房　１９９２年

草鹿任一『ラバウル戦線異状なし―現地司令長官の回想』中央公論新社　２０２１年
工藤美代子『山本五十六の生涯』幻冬舎文庫　２０１１年
神立尚紀『零戦隊長　宮野善治郎の生涯』光人社ＮＦ文庫　２０１６年
小林久三『連合艦隊作戦参謀黒島亀人』光人社ＮＦ文庫　１９９６年
小林昇『九六陸攻戦史―「空中艦隊」の誕生から終焉まで』潮書房光人新社　２０２２年
佐藤暢彦『一式陸攻戦史―海軍陸上攻撃機の誕生から終焉まで』光人社　２０１５年
三〇一五羅春会編『遙かなるラバウル』三〇一五羅春会　１９９０年
三〇一五羅春会編『ラバウルよ永遠なれ　われら青春の墓碑』三〇一五羅春会　１９８５年
篠原直人『遥かなる蒼穹の戦記』ダイアプレス　２０２０年
篠原直人『不死鳥の戦記』ダイアプレス　２０２０年
反町栄一『人間　山本五十六―元帥の生涯』光和堂　１９６４年
第２０４海軍航空隊編『ラバウル空戦記』朝日ソノラマ　１９８７年
高木惣吉『山本五十六と米内光政』文藝春秋新社　１９５０年
高松宮宣仁親王『高松宮日記　第六巻』中央公論新社　１９９７年
武井大助『山本元帥遺詠解説』畝傍書房　１９４３年
武山敏枝・小田美代子『散華抄（従軍看護婦・日赤第３７６救護班員の手記）』(https://jasakura.com/Rabaul/index.html)

田中宏巳『人物叢書　山本五十六』吉川弘文館　２０１０年
辻政信『ガダルカナル』養徳社　１９５０年
提督小沢治三郎伝刊行会編『増補・提督小沢治三郎伝』原書房　１９９４年
特攻隊戦没者慰霊平和祈念協会編『特別攻撃隊全史』特攻隊戦没者慰霊平和祈念協会　２００８年
中島親孝『聯合艦隊作戦室から見た太平洋戦争』光人社ＮＦ文庫　１９９８年
永末千里『蒼空の果てに』（http://www.warbirds.jp/senri/）
蜷川親正『山本五十六検死ノート』光人社　１９７１年
原勝洋『暗号はこうして解読された―対日情報戦と連合艦隊』ＫＫベストセラーズ　２００１年
半藤一利『日本海軍の興亡』ＰＨＰ文庫　１９９９年
淵田美津雄・奥宮正武『機動部隊』ＰＨＰ文庫　２０００年
防衛庁防衛研修所戦史室『戦史叢書（第39巻）大本営海軍部・連合艦隊（４）第三段作戦前期』朝雲新聞社　１９７０年
防衛庁防衛研修所戦史室『戦史叢書（第66巻）大本営陸軍部（６）昭和十八年六月まで』朝雲新聞社　１９７３年
防衛庁防衛研修所戦史室『戦史叢書（第96巻）南東方面海軍作戦（３）ガ島撤収後』朝雲新聞社　１９７６年
室井捨治『海軍中佐室井捨治』室井寿子　１９７３年
森田勝雄『山本長官機遭難時のミステリーに迫る！第４版』（柏井秀夫解説）自費出版　２００５年

矢数道明『ブーゲンビル島兵站病院の記録』医道の日本社　２００１年
山崎まゆみ『ラバウル温泉遊撃隊』新潮社　２００９年
山本義正『父　山本五十六』朝日新聞出版　２０１１年
吉田俊雄『四人の連合艦隊司令長官』文春文庫　１９９５年
吉田一『サムライ零戦記者　カメラが捉えた零戦隊秘話』光人社　１９８７年
羅春会『ラバウル回顧録』羅春会　１９６５年
渡辺博史『空の彼方 海軍基地航空部隊要覧（2）』楽學庵　２００９年
渡邊裕鴻『山本五十六　戦後70年の真実』ＮＨＫ出版新書　２０１５年
「丸」編集部編『山本五十六と連合艦隊司令部』光人社ＮＦ文庫　２０１２年

池田遼太（いけだりょうた）

1998年生まれ。東京都在住。専修大学文学部歴史学科日本近現代史専攻卒。日本陸海軍の研究、特に情報戦・暗号戦を専門とし、戦争体験者やその遺族への聞き取り取材も行う。携わった主な作品に『ドキュメント 真珠湾攻撃』（ダイアプレス）、『ざんねんな兵器図鑑』『ざんねんな兵器図鑑・極』（KADOKAWA）など。
連絡先：tadauriyokei@gmail.com

山本《やまもと》五十六《いそろく》、最期《さいご》の15日間《にちかん》　歴史《れきし》に埋《う》もれた「幻《まぼろし》の3番機《ばんき》」

2023年4月30日初版1刷発行

著　者 ── 池田遼太
発行者 ── 三宅貴久
装　幀 ── アラン・チャン
印刷所 ── 堀内印刷
製本所 ── 国宝社
発行所 ── 株式会社光文社
東京都文京区音羽1-16-6（〒112-8011）
https://www.kobunsha.com/
電　話 ── 編集部03（5395）8289　書籍販売部03（5395）8116
業務部03（5395）8125
メール ── sinsyo@kobunsha.com

ISBN 978-4-334-04658-3

1230

「美食地質学」入門
和食と日本列島の素敵な関係

巽好幸

蕎麦を育む火山、出汁を支える山脈、日本酒と地球の大変動——。多彩な和食が生まれた理由は日本列島にある!? 地下深くで密接に結びつく二つの意外な関係をマグマ学者が丁寧に紐解く。

978-4-334-04637-8

1231

時を超える美術
「グローカル・アート」の旅

新見隆

ローカル(地域、身近なもの)を大事にしながらグローバル(世界のありかた)につながる——。そんな「グローカル」な精神を宿した美術作品や芸術家に触れた「芸術風土記」エッセイ。

978-4-334-04638-5

1232

Ｗｅｂ３とは何か
ＮＦＴ、ブロックチェーン、メタバース

岡嶋裕史

「巨大ＩＴ企業の支配から個人が解放されたインフラ」で、「要素技術としてブロックチェーン、なかでもＮＦＴあたりを重視する」というＷｅｂ３の全体像を、批判的な見方を含め解説。

978-4-334-04639-2

1233

古典と日本人
「古典的公共圏」の栄光と没落

前田雅之

高等教育の古文・漢文不要論が唱えられる今、私たちに古典は本当に必要なのか。日本において古典が成立した歴史を辿りながら、そもそも「古典」とは何かということを考える。

978-4-334-04640-8

1234

小学校受験
現代日本の「教育する家族」

望月由起

拡大・過熱・多様化——誰が、なぜ、どのように受験しているのか。入学後の環境は? 教育学者が小学校受験の実際や問題点、評価すべき点などを、経験者の声も交え具体的・リアルに報告。

978-4-334-04641-5

1235

アニメ療法《セラピー》
心をケアするエンターテインメント

パントー・フランチェスコ

日本のポップカルチャーの力で、心を治癒することはできるか。イタリア出身のオタク精神科医が精神医学や心理学の知見を物語療法と接続し、新しい「アニメ療法《セラピー》」を構想する。

978-4-334-04642-2

1236

安い・美味しい・簡単 実践 健康食

岩田健太郎

「近所のスーパーの特売品で自炊」に健康が詰まってる…感染症医でファイナンシャル・プランナーの資格も持つ著者と考える、お金をかけず、持続可能でより豊かに生きるための食事術。

978-4-334-04643-9

1237

社会を変えるスタートアップ
「就労困難者ゼロ社会」の実現

小野貴也

全国1500万人の「就労困難者」に適切な仕事を提供し、労働力減少を補う。社会課題を解決するスタートアップが見据える日本経済の未来像と、その先にあるインクルーシブ社会とは。

978-4-334-04644-6

1238

教育大国シンガポール
日本は何を学べるか

中野円佳

激しい教育競争、点数化する習い事――煽られ、葛藤する母親達、疲弊する子ども達。教育社会学研究者・ジャーナリストが現地の教育システムの実態を、インタビュー調査を交え報告。

978-4-334-04645-3

1239

エンタメ小説家の失敗学
「売れなければ終わり」の修羅の道

平山瑞穂

華々しいデビュー、10万部超えのヒット、そして映画化――。人気作家も目前だった小説家が犯した痛恨の「失敗」とは？出版界の裏事情と赤裸々な告白に満ちた自虐的反省の書。

978-4-334-04646-0

1240
「おふくろの味」幻想
誰が郷愁の味をつくったのか

湯澤規子

一体「おふくろの味」とは何を指しているのか。なぜそれは時に女性たちをいらだたせるのか。社会と時代を丹念に読み解き、「おふくろの味」が誕生した経緯とその正体を探る。

978-4-334-04647-7

1241
数字のセンスを磨く
データの読み方・活かし方

筒井淳也

私たちは数字に取り囲まれて日々を送っている。だが、数字をきちんと理解し、数字ときちんと向き合えているだろうか。計量社会学・家族社会学を専門とする著者が「数字との付き合い方」を示す。

978-4-334-04648-4

1242
追跡 税金のゆくえ
ブラックボックスを暴く

高橋祐貴

一般社団法人による〝中抜き〟、見えない五輪予算、孫の小遣いとなる中山間地域の助成金――。私たちの税金は何に使われているのか。気鋭の新聞記者がその杜撰な実態に粘り強く迫る！

978-4-334-04649-1

1243
友情を哲学する
七人の哲学者たちの友情観

戸谷洋志

友情とは何なのか。いま、その多様性を知ることが、人生をいくらか豊かなものにしてくれるのではないか。漫画が描く「友情」のあり方を参照しながら、哲学者七人の友情観を探る。

978-4-334-04650-7

1244
改訂版 東大合格高校盛衰史
1949年～最新ランキング徹底解剖

小林哲夫

日本一の頭脳たちはどこから集うのか？ 名門進学校の凋落と躍進を辿ることで、日本社会の構造が浮き彫りになる。戦後から今に至るまでの合格者数ランキングで、東大受験の実情を一挙総覧！

978-4-334-04651-4

光文社新書

1250
会社のなかの「仕事」社会のなかの「仕事」
資本主義経済下の職業の考え方
阿部真大

際限のない「超」長時間労働、蔓延するやりがい搾取、働き手を蝕む過剰サービス。日本人の働き方は、どうすれば変えられるのか？　疲弊した日本経済に「職業の社会学」が新たな地平を拓く。

978-4-334-04657-6

1251
山本五十六、最期の15日間
歴史に埋もれた「幻の3番機」
池田遼太
〈語り〉青木藏男

「私は１９４３年4月18日、米軍に撃墜された長官機の後ろを飛んでいました」。99歳の元搭乗員が明かす、山本五十六の戦死の真相。日本海軍の頂点と地べたが交わる戦場ノンフィクション。

978-4-334-04658-3

1252
再考 ファスト風土化する日本
変貌する地方と郊外の未来
三浦展

全国各地のロードサイドに同じような商業施設が建ち並ぶ「ファスト風土化」によって、郊外とそこに暮らす人々の意識はどう変わったか。小説家、建築家、研究者ら13名の論考を収録。

978-4-334-04659-0

1253
コミュ力は「副詞」で決まる
石黒圭

「めっちゃ」「やっぱり」「じつは」「なるほど」「せっかく」「あいにく」「おかげさまで」…etc. 気持ちを効果的に伝える最強の助っ人「副詞」、その分類と機能を知り、使い方の勘所を学ぶ。

978-4-334-04660-6

1254
阪神タイガースはなんで優勝でけへんのや？
喜瀬雅則

歴史　看板　風土　戦略　育成　苦悩　誤解　派閥　そして「アレ」――9つの枠組で分析する優勝が遠のく理由。阪神ファンの元番記者だから書けた「新・阪神タイガース論」。

978-4-334-04661-3